Alejandro, El Francotirador

Novela de ficción histórica

Sobre el autor

José Rafael Malpica Materán es un economista graduado en Estados Unidos. Nacido en Los Teques, Venezuela, dedicó la mayor parte de su vida profesional a la Consultoría de Relaciones Públicas. Vive actualmente en el estado de Florida en los EE. UU.

Contacto con el autor o editor: editorial@3kats.com o al teléfono: +1-786-696-0922

Sitio web: 3kats.com/editorial

ISBN: 9798800206593
Copyright pending # 1-11261240221, 2022

Luis Alejandro Ramírez Jiménez venía de una familia de tradición militar, que desde la Guerra de Independencia había ofrecido la vida de muchos de sus hijos en el altar de la Patria. Por su parte, Luis Alejandro estudió en la Escuela Militar de Venezuela, recibiendo el grado de oficial, con los más altos honores académicos y militares de su graduación.

Por sus méritos le fue otorgada una beca por la Embajada de los Estados Unidos, para cursar estudios en la Academia Militar de West Point, en el Hudson River Valley, estado de Nueva York. Una excepción poco común con un militar que no fuese norteamericano.

Su determinación de poner en alto el gentilicio venezolano y el apellido de su familia, hizo que se destacara en sus estudios, por los que recibió menciones honoríficas y por los que, al finalizar su curso como oficial, le fuese otorgada la Medalla de Honor al Mérito Académico en su Primera Clase.

Regresó a Venezuela después de una larga jornada en las Fuerzas Especiales del Ejército de los Estados Unidos, sirviendo en la lucha contra el terrorismo, el tráfico de drogas y el tráfico de seres humanos en el Medio Oriente.

Regresó a su país por solicitud del propio presidente de la República, para seguir su carrera militar como comandante de un grupo con los mejores militares de las cuatro fuerzas.

Este grupo fue constituido por una Orden Ejecutiva del presidente de la República, para entonces José Ramón Rodríguez Pérez, y cuyo comandante reportaba directamente al primer magistrado, pasando por alto el protocolo militar. Y esto creaba irritación en los altos rangos, porque no aceptaban que un subalterno, con grado de teniente coronel, reportara directamente al comandante general en la figura del presidente.

El centro de adiestramiento estaba localizado en la isla La Orchila, base militar de la Naval cuyo sector oeste estaba zonificado como "restringido". Solo tenía acceso el personal autorizado. Disponía de muelles y una pista de aterrizaje, así como un equipamiento que era la envidia de las Fuerzas Armadas.

Muchos de estos equipos fueron donados por los servicios de Fuerzas Especiales del Ejército de los Estados Unidos. En esta organización sirvió por varios años y conservaba estrechos vínculos.

El entrenamiento era tan estricto como el de los Navy Seals y la Delta Force del ejército norteamericano. Una vez terminado el adiestramiento, que duraba dos años y del que solamente se graduaba 20% de los cursantes, este contingente humano pasaba a formar parte del Batallón de Cazadores. Un proceso de selección largo y penoso.

Esta fuerza especial fue usada para la lucha contra el narcotráfico y la invasión de la guerrilla de Colombia, que pretendía hacer de Venezuela su refugio mientras huía de la arremetida del gobierno colombiano del presidente Álvaro Uribe para erradicarla.

La promoción de la guerrilla como "medio de cultivo" del narcotráfico, ha sido una forma aberrante que han utilizado los hermanos Fidel y Raúl Castro para mantener su diabólica filosofía en el continente.

La vida activa de este Batallón de Fuerzas Especiales duró hasta la llegada al poder del comandante del ejército Pedro Manuel Sánchez Díaz, quien después de intentar derrocar al Presidente Rodríguez Pérez mediante un "golpe de estado", tenía la intención de asesinar al presidente y a toda su familia.

Para esta infamia, los golpistas dispararon con armas de alto poder contra la residencia oficial del presidente, donde se encontraba la familia. El cabecilla de la asonada fue apresado por golpista en la cárcel de San Francisco de Yare.

Luego de haber salido José Ramón Rodríguez Pérez del cargo y asumida la Presidencia de la República por el doctor Carlos Javier Contreras Espinel, le fue otorgado perdón presidencial al golpista teniente coronel Pedro Manuel Sánchez Díaz, quien por casualidad o cosas del destino, era ahijado del doctor Carlos Javier Contreras.

Este golpista, que intentó asesinar al presidente, en breve tiempo se convirtió en líder de masas.

Sus seguidores clamaban por un cambio de estilo de gobierno. Pedro Manuel, como lo llamaban los exaltados seguidores, ganó abrumadoramente las elecciones con mensajes demagógicos y populistas, recibiendo la banda presidencial de manos de Contreras Espinel quien ya no podía ocultar su estado de decrepitud y avanzada demencia senil.

Tal como lo hizo Fidel Castro en Cuba, Pedro Manuel se

declaró comunista, blandiendo la bandera de Socialismo del Siglo XXI y, como lema de la revolución que pretendía llevar a cabo: "Patria o Muerte".

Revolución del populacho, con inaudito apoyo de empresarios e individuos con poder económico, que acabó destruyendo todas las instituciones y organizaciones del país, haciendo de una república próspera, una que requeriría la caridad internacional.

Una vez en control del país, Pedro Manuel se les volteó a sus financistas, que pretendían manejarlo, y les expropió activos y cuentas bancarias. Consolidó de esta manera al régimen comunista que luego pretendió exportar a todo el continente.

La pretensión frustrada de Fidel Castro de destruir la influencia de los Estados Unidos en el resto del Continente, dado que se veía impotente e incapacitado para "acabar con el sueño norteamericano", la puso en manos de un "tonto útil" en la persona de este Pedro Manuel.

Además de tonto útil, fue incapaz de ver el potencial que le dio el destino para haberse convertido en un verdadero héroe de las masas y haber logrado el sueño de Simón Bolívar de una América hispana unida, con un solo ideal nacional, libre y soberano. Balance de poder que hoy daría mayor posibilidad a Suramérica de competir exitosamente con Norteamérica y el resto del mundo. Miope, además de tonto.

Como si hubiese sido un castigo que le envió el Creador, el tal Pedro Manuel encontró la muerte con un cáncer que le llenó de podredumbre a su ya malsana humanidad. Antes de morir y como manifestación de su oposición a la democracia, instauró como sustituto a quien demostraría ser aún más lesivo para Venezuela. Nicomedes Madero, un colombiano de nacimiento y entrenado por los hermanos Castro desde hace muchos años, sería el candidato del partido de Pedro Manuel en las próximas elecciones presidenciales.

Elecciones que "ganó" con un fraude electoral, analizado por centros especializados internacionales, que destacaron cómo fueron manipuladas las máquinas electrónicas de votación para favorecer a Madero, quien ganó por estrecho margen.

Su oponente, según hizo saber públicamente, aceptaría el fraude para evitar que corriera sangre de gente inocente. Lastimosamente, durante el gobierno (si así puede llamarse) de Madero, los muertos por actos de violencia dirigidos por personeros del régimen (bajo el nombre de "colectivos"), o por delincuencia común, falta de medicinas para atender a enfermos en situación crítica y aquellos que mueren por falta de alimento, suman cientos de miles. Y así, miles mueren semanalmente por causa directa de la incapacidad de Madero para gobernar.

Una de las decisiones del golpista y traidor, antes de morir de cáncer, fue la disolución del Grupo de Fuerzas Especiales de las Fuerzas Armadas, dando de alta a sus comandantes y asignando al personal de tropa a los distintos cuerpos de las Fuerzas Armadas donde se originaron. El Coronel Luis Alejandro Ramírez Jiménez fue considerado enemigo de las fuerzas armadas "bolivarianas" y se le sometió a sufrir encarcelación en su residencia. Él y su familia eran objeto de ataques constantes por irregulares de los ya mencionados colectivos, creados por el propio régimen como instrumento para generar terror en la población.

En uno de esos ataques murieron su esposa y dos hijas menores, así como un hermano que por razones de seguridad le servía de escolta.

Este crimen había quedado impune pese a los esfuerzos hechos por el propio Coronel Ramírez Jiménez, así como por amistades de juristas de distinguida trayectoria nacional.

Varios organismos internacionales manifestaron su rechazo a esta violencia dirigida por el régimen sin lograr ningún resultado.

No tardó el Coronel Ramírez Jiménez en presentar una fuerte inestabilidad emocional, pasando de la rabia a la euforia. Sufría de "neurosis de guerra" según los médicos que lo trataron.

La residencia de los Ramírez Jiménez estaba ubicada en la urbanización Alto Hatillo, en una colina rodeada por bosques de pinos, con un muro de más de dos metros de alto, coronado con una intrincada red de alambres de púas. La propiedad solo tenía acceso por un portalón como entrada principal. La guardia de seguridad, que tenía asignada por el régimen para custodiar la casa y mantenerlo en reclusión, estaba alojada en unas instalaciones que fueron la vieja casa de los Ramírez Jiménez, antes de construir la residencia de la familia.

Vale decir que la fortuna de los Ramírez Jiménez tiene centenares de años de existencia. Fueron financistas de la guerra de Independencia con dineros ganados honradamente como comerciantes importadores y exportadores. Además de servir, muchos de ellos, en el ejército del Libertador Simón Bolívar. Una tradición de militares y hombres de empresa con una cabal ética y honestidad comprobada en muchas circunstancias.

Antes que le fuese dictada la casa por cárcel, Alejandro se dedicó con un pequeño grupo de amigos, ex fuerzas especiales, a construir un túnel para un eventual escape. En esta especie de "búnker" tenía armamento y vestimenta muy bien escondidos en armarios que se mimetizan con las paredes. Pensaba que utilizará estos medios de escape, anticipando que el régimen iba a profundizar sus abusos de poder.

En un edificio de estacionamiento público, cercano a la trocha camuflajeada que le daba acceso al búnker, había dos vehículos cubiertos con lonas protectoras y una motocicleta Yamaha. El conserje de ese estacionamiento era un amigo del matrimonio que cuidaba de la casa y había sido integrante en uno de los comandos de Alejandro.

El régimen profundizó su despótico proceder y mantuvo tan aislado a Ramírez Jiménez, que ni a sus más íntimos amigos les estaba permitido visitarlo, solo familiares autorizados para suministrar comida y medicinas.

Tenía dos empleados de su confianza para cocinar y mantener la casa, el esposo para labores de jardinería y otros quehaceres menores. Ambos habían estado con la familia por muchos años y eran incondicionales. Gerónimo y Carmen consideraban a Alejandro como un hijo. Habían estado con él desde que nació, consintiendo todos sus caprichos.

La rabia y la frustración de Luis Alejandro llegó al límite cuando supo que habían puesto presos a sus amigos y hermanos de armas, sin derecho a juicio y sin derecho a apelación. Tratados, pues, como traidores a la Patria. Uno de ellos, que era el Segundo de Luis Alejandro, había sido asesinado por la Guardia Nacional Bolivariana, que lo apresó, bajo la excusa de haber puesto resistencia, armado de un fusil ametralladora. Una burda mentira que pretendía ocultar el vil asesinato.

En un momento de lúcida inestabilidad psicológica y anímica, Luis Alejandro se impuso ciertas metas y objetivos. Metas que buscaban debilitar el poder del régimen y facilitarle a la oposición su gestión para remover al Presidente Madero mediante un Referéndum Revocatorio. Crear caos y desconcierto en el régimen era una prioridad. Esto lo lograría amenazando de muerte a funcionarios claves, para llevarlos al borde de la locura. Esa expectativa de morir era peor que la misma muerte. En la expectativa de morir, bajo esa incertidumbre, mueren muchas veces.

De igual manera se pretendía mantener en zozobra al personal cubano infiltrado en las "misiones" y en las Fuerzas Armadas, insólitamente llamadas "bolivarianas". Estos no eran más que vulgares espías del régimen castrocomunista de los hermanos Castro. Por "arreglos" del golpista Pedro Manuel con el régimen de La Habana, se permitió traicioneramente que Venezuela fuese invadida por militares y personal civil cubano para infiltrarse en las Fuerzas Armadas y las instituciones sociales. De esta forma dominaban y controlaban desde adentro sus estructuras.

Como ya se había comentado, la muerte de Pedro Manuel, después de un penoso cáncer que aún queda por aclararse a plenitud, asumió la presidencia Maderos, en unas elecciones amañadas, que le robaron el triunfo al candidato de oposición Rafael Andrés Mendoza.

Mendoza aceptó la derrota sin hacer valer todos los recursos que le confería la Constitución, según dijo, para evitar muertes de seres inocentes en una confrontación violenta. Madero, un personaje mediocre y de oscuro origen, bajo indicaciones de La Habana, llevó al país al caos total y a una ruina tanto económica como social. Su derrocamiento por Referéndum Revocatorio era una prioridad.

Se le presentó a Luis Alejandro la primera oportunidad para poner en marcha su plan, en un acto a celebrarse en la sede del Consejo Nacional Electoral en Caracas, donde concurrirá el Presidente Madero y varios de sus ministros. Un acto llamado a reforzar el control que ejercían sobre este organismo que, según sus estatutos, *debía* ser imparcial.

El "target" en esta ocasión sería el Ministro para el Abastecimiento Nacional, Coronel (R) GN Ludovico Simón Gamarra, quien se encargaba de someter a la gente a esa humillación de ser marcados como ganado, para participar en las filas que les permitían intentar comprar comida o medicinas.

Estas carencias y desabastecimiento planificados buscaban someter por miedo a la población y destruir su fibra de dignidad y amor propio. Un crimen contra los Derechos Humanos, tipificado bajo la definición de terrorismo de Estado.

Luis Alejandro salió varias veces de su residencia, de noche, por el túnel construido para estos menesteres, hizo varios reconocimientos alrededor de la sede del CNE, para familiarizarse tanto como le fuese posible. Elaboró un plano de la zona y los edificios circundantes, así como las vías de acceso y las posibles salidas de emergencia.

Desde el techo de un edificio ubicado a doscientos metros de la sede del CNE, Luis Alejandro pudo observar la plazoleta al frente. Desde allí vería llegar a Maderos y sus secuaces. Luis Alejandro aguardará la llegada del carro del Ministro y esperando que este saliera del vehículo, le dispararía al hombro derecho. La intención no era matarlo, sino darle un susto y hacerle sentir que no estaban seguros, no importa dónde estuvieran o se escondieron.

La ironía del relato se hace más intensa al conocer que el rifle del francotirador, también lleva el nombre de Alejandro y es de manufactura cubana. Rifle que tenía adaptada una mira telescópica y a la que se podía añadir una mira con *infrared* para acciones nocturnas.

Su habilidad como francotirador le hizo ganar varias medallas, mientras duró su servicio en las Fuerzas Especiales, con misiones en Irak y Afganistán.

Llegó el momento crucial. Alejandro (cómo llamaremos a nuestro protagonista), estaba ubicado de manera tal que ofrecía poca exposición personal y lograba la mayor visibilidad del "objetivo". El rifle especializado para francotiradores, irónicamente de manufactura cubana con tecnologías rusa y china, era de calibre 7,26 mm, con proyectiles de alto impacto.

Llegaron los funcionarios, ya el público estaba dentro de la sede. El acceso era limitado, porque el auditorio no tenía mucha capacidad. Al frente de la sede solo había espacio para los vehículos de los funcionarios y del presidente ilegítimo Nicomedes Madero. Desde su posición, Alejandro podía ver con claridad la escalinata de acceso y el lugar donde los automóviles oficiales estacionaban temporalmente, para que bajaran sus ocupantes. Por la hora, el sol estaba a su espalda y no había posibilidad de que el resplandor solar le redujera la visibilidad, o permitiera detectar su presencia.

El sol en esa posición serviría como un escudo lumínico que lo ocultaba del público y los cuerpos de seguridad. Estos estaban ubicados en todo el sector, ocupando las azoteas de edificios vecinos, muy próximos al sitio. El arma que utilizaba Alejandro tenía un alcance hasta de 800 metros, con una efectividad de más del 80%. La mira telescópica era la usada por los "snipers" de las Fuerzas Especiales.

Alejandro calibró la mira y ajustó el rifle para aumentar la precisión. Solo tenía una sola oportunidad. Apenas podía disparar, recoger el equipo y los casquillos para no dejar rastro alguno de su presencia. Para ganar acceso al edificio estaba vestido con la braga de un mecánico de ascensor. Contrario a lo que sucedía en la realidad de este tipo de misiones, Alejandro como "sniper" no contaría con el apoyo de un "spotter" que le ayudará a ejecutar la misión.

El trabajo del "spotter" suele ser crucial. Calcula distancia, velocidad del viento, reflejos del sol y la posibilidad de que haya "snipers" de los contrarios, ubicados de manera estratégica.

Al llegar al edificio, si fuera necesario, se identificaría como sustituto del mecánico asignado, quien estaba de permiso familiar. Esto en caso de que el conserje le pusiera algún inconveniente. Lo más seguro sería que este, como muchos de los vecinos estarían asistiendo al acto o curioseando a las afueras de la sede del CEN.

Esto le dejó el camino despejado. Esperó que saliera un residente y ganó el acceso de inmediato. La puerta hacia la azotea tenía un candado, que no fue difícil violar con las ganzúas de las que disponía.

Armó el rifle que venía dividido en dos partes, dentro de la caja de hierros. Se colocó en el lugar más conveniente y esperó. Dentro de la caja de herramientas, además del rifle, guardaba un traje de camuflaje ruso tipo "Ghillie suit" que lograba mimetismo con el entorno.

Una de las características diferenciadoras de los francotiradores era su capacidad de resistencia y mimetismo. Inmóviles y fundidos en el entorno como camaleones. Paciencia y destreza, cualidades que Alejandro tenía de sobra, si es que esto era posible.

En su casa-cárcel tenía un gimnasio con las últimas máquinas, además de tener su propio "dojo" para la práctica diaria de Aikido. Alejandro era un hombre de estatura promedio, medía un metro ochenta y pesaba 75 kilos de puro músculo y fibra. Sin embargo, su resistencia física y su capacidad para aguantar el dolor y las inclemencias del tiempo lo caracterizaban como un individuo fuera de lo normal.

Submarinista desde temprana edad, tenía las profundidades del mar como su ambiente natural secundario; hábil piloto de aviación debido a que su padre lo enseñó a volar antes de cumplir los doce años, y tan pronto tuvo edad reglamentaria, le fue otorgada su licencia como piloto de aviones de distintas categorías, así como de helicóptero. Fue el promotor de un grupo de paracaidistas acrobáticos, que representó a Venezuela en las más exigentes competencias internacionales, en las que quedaron como campeones absolutos en varias ocasiones y Alejandro con medallas de oro por su destacada actuación.

Era temerario pero respetuoso del miedo, como termómetro de su tenacidad y desprendimiento. Nunca actuó de manera irracional. Sabía medir su capacidad y la aplicaba a las circunstancias. Para Alejandro el respeto al adversario confería un alto porcentaje de la victoria final.

La espera no fue muy larga. La agenda y el protocolo estaban a su favor. La limusina del Ministro Gamarra se aproximaba al sitio de desembarco, ya el rifle estaba enfocado en el lugar aproximado donde aparecería el Ministro, al salir del carro. El chofer corrió a abrirle la puerta, colocado de espaldas a Alejandro. El Ministro se irguió ya fuera del automóvil y ofreció el blanco perfecto. Un solo disparo, sin ruido, por un supresor que no pasó de un "puff".

El Ministro recibió el impacto justo en la clavícula del hombro derecho y dio una vuelta sobre sí mismo, cayendo al piso sin saber que le había golpeado.

El chofer prestó más atención al herido que a ver de dónde había venido el disparo. Alejandro estaba terminando de recoger sus implementos, colocando todo en la caja de herramientas y tomando el ascensor para salir del edificio. Caminó con total normalidad, sin correr, buscando donde había dejado estacionado su transporte.

El incidente produjo un verdadero pandemónium en el público y la salida de docenas de personas, entre funcionarios y guardias de seguridad. Estos últimos se desplegaron por el sector y un helicóptero surcó el cielo sin lograr ver nada. Ya Alejandro estaba en camino de regreso a su casa, confundiéndose con el tráfico normal de la ciudad a esas horas.

Anónimamente, le hizo llegar a un periodista la motivación detrás del "atentado" para que la publicara, si así lo veía conveniente.

Era vital que se supiera cuál era el motivo y cuáles los posibles objetivos futuros de este "francotirador". No importaba que estuvieran sobre aviso. De esa manera también generaba el miedo y la expectativa de ser los próximos. Y el hecho de que quizá no tendrían la misma suerte de haber sido solamente una herida, un balazo que atravesó el hombro sin afectar ningún órgano vital.

La prensa escrita y televisada, así como los medios sociales, hicieron viral la figura caricaturesca del "francotirador fantasma". Las especulaciones eran tan variadas que cada quien sentía tener la razón. Unos decían que era "un agente de la CIA mandado por el gobierno norteamericano para asesinar al presidente/dictador". Otros afirmaban que era un "sicario" colombiano pagado por agentes del expresidente Álvaro Uribe. Cada cual le colocaba pruebas (imaginarias) a sus alegatos. Y todo eso servía a los intereses de Alejandro.

Pronto el francotirador se convirtió en un héroe de las masas opositoras al régimen de Madero, que estaban en franco crecimiento debido a los abusos, la carestía y el exceso de violencia por parte de los llamados "colectivos". Los vecinos de los barrios se organizaron para hacerle frente a estas bandas que financiaba el régimen. Esos facinerosos ya no eran personas gratas en esos sectores populares.

Los "colectivos" mantenían en jaque a los vecinos y estos, ya cansados de estos abusos, se organizaron para capturarlos, uno a uno y darles palizas fenomenales, que los hacían huir del barrio y buscar refugio en otros sectores donde aún tenían cierto poder. Cada día este poder se veía reducido al quitarles las armas que les entregó el representante del régimen, un coronel conocido como Rolando Garza. Nadie lo conocía y se sospechaba que era infiltrado cubano.

Ya cerca del terreno de su propiedad, luego de dejar el auto que lo transportó en el garaje de siempre, caminó unos metros en el sendero que lo llevaría al túnel y al interior de su casa. En ese túnel tenía -para emergencias-, otra moto: una Kawasaki 800 cc. El motor había sido trabajado para darle el doble de potencia y velocidad.

En armarios adosados a las paredes y camuflados como si fueran parte del terreno, guardaba el arsenal de armas especiales que usaría según las circunstancias. Entre ellos un Rifle Remington Modular Sniper, con una mira telescópica *infrared* que le permitía ver de noche a sus "targets". Armas cortas que solo utilizaría en defensa personal como una Glock 39 Sub Compact, una Beretta 9 mm y una Walther PPKS que era su preferida, y con la que se sentía cómodo. Un revolver Colt y un Smith & Wesson calibre 45 capaz de atravesar una pared de concreto.

Su afición de coleccionar armas pagaría con creces sus esfuerzos. Luego venían granadas incendiarias, de humo, explosivas, fragmentarias y una gama para trabajos de demolición.

Los materiales explosivos para demolición y las cargas de C4 estaban bajo mayor seguridad, y solamente accesibles mediante una clave que nadie además de Alejandro conocía. El túnel estaba minado y explotaría en el momento que Alejandro activará el mecanismo respectivo, calculado el daño para no afectar la vivienda. Ese mecanismo lo podía accionar desde su teléfono celular o desde su laptop.

No debía quedar prueba alguna que pudiese implicar en las acciones que llevaría a cabo. La de hoy fue solo una práctica. Los "blancos" en el futuro serían de mayor trascendencia por su alta vinculación con el régimen usurpador y cuyos delitos habían sido demostrados a cabalidad.

Ya en la seguridad de su casa se dio un baño y se sirvió un whiskey en el salón donde solía oír música o ver alguna película. Era su refugio para descargar la tensión. La meditación diaria fortalecía su voluntad y su carácter. Sus leales Gerónimo y Carmen eran como familia, con tantos años al cuidado de Alejandro.

— Carmen, por favor dile a Gerónimo que me prepare un whiskey y tú una bandeja con queso y unas rebanadas de pan francés. Esa va a ser mi merienda. Para cenar esperaremos la llegada del doctor Angulo, en su visita de chequeo semanal.

Estando ya cómodo en su salón preferido, llegaron a la puerta dos de los vigilantes puestos allí por el régimen. Verificaron que todo estuviera en orden y se volvieron a su alojamiento, cercano a la entrada antigua de la propiedad. A estos vigilantes el matrimonio de Gerónimo y Carmen Padrón los estaban ablandando con comida preparada para Alejandro. De vez en cuando una botella de whisky de buena calidad. Poco a poco iban bajando la guardia y se hacían menos inquisitivos y prepotentes.

El sistema de cámaras de seguridad mantenía informado a Alejandro de todos los movimientos de los guardias dentro de la propiedad. Tenía además una imagen completa de las calles alrededor de la propiedad. Las cámaras estaban colocadas tan bien camufladas, que hasta al mismo Alejandro le costaba trabajo ubicarlas. Solo en el baño tenían privacidad los vigilantes.

Le gustaban las películas de vaqueros, entre sus favoritas las "viejas" de John Wayne y algunas de Gary Cooper. Tenía también una colección de las peleas de boxeo más famosas de los últimos 60 años. Disfrutaba de acceso a internet, pero sabía que lo habían

 intervenido, así que lo usaba para cosas sin importancia. Cuando se tenía que comunicar con alguna persona sin que lo supiera el régimen, utilizaba un celular prepagado, que solamente empleaba una vez antes de desecharlo.

Vivía en un oasis de paz y tranquilidad física, aunque no espiritual. La memoria de su familia lo abrumaba como si fuera el mismo día de la tragedia. El médico psiquiatra del Ejército que atendía su caso había sido compañero de estudios de uno de los hermanos de Alejandro y mantenía una actitud reservada, muy profesional y para nada comprometida con el régimen. Solamente que su disciplina militar lo obligaba a ciertos compromisos que no podía eludir.

Hoy vendría a su vista rutinaria, a eso de las 6 de la tarde. Pasaría una hora o un poco más hablando con Alejandro y preparando su informe. Le mandaba ciertos medicamentos para ayudarlo a hacer frente a su ansiedad. Y solamente los tomaba cuando ya no podía dormir por más de tres noches. De lo contrario, quería mantener el control de todos sus sentidos.

Disfrutó por un rato de la película "El Dorado", con John Wayne y Dean Martin. Se tomó dos whiskys sobre las rocas y la bandeja con quesos que le preparó Carmen. Invito a Gerónimo, pero este como de costumbre, rechazó la invitación. No había manera de hacerlo tomar ningún tipo de licor. Menos aún fumar. No era religioso fanático, lo hacía por pura convicción y por su salud.

El doctor Angulo llego a la hora prevista. Le hizo un examen físico general y luego se dedicó media hora a pura conversación para establecer la condición emocional de Alejandro. Manifestó el doctor Angulo su satisfacción por la mejoría que mostraba y le redujo la dosis de medicamentos. Le recomendó aumentar las sesiones de meditación.

Una vez terminada la rutina médica se sentaron a disfrutar de la cena que les había preparado Carmen.

"Gracias Carmen por este banquete al que me tienes acostumbrado. No sé si vengo a las consultas por ver a Alejandro o saber que sorpresa tienes preparada."

Gerónimo y Carmen le trajeron hace unos meses, como regalo a Alejandro y por recomendación del doctor Angulo, un perro pastor alemán entrenado para vivir en la casa y al que entrenaría para que atendiera los comandos de Alejandro. Este le daba órdenes en alemán, idioma que manejaba como si fuera el propio, al igual que el italiano, inglés y francés.

Esta habilidad políglota le sirvió de mucho en sus tiempos de trabajar en las Fuerzas Especiales, donde lo entrenaron en farsi y otros dialectos propios de las zonas donde llevaría a cabo las "ops" clandestinas.

El pastor alemán al que llamaron "Danger" se convirtió en un compañero inseparable de Alejandro, dándole soporte emocional. El perro presentía los cambios en el estado de ánimo de Alejandro y se aprestaba para ayudar a contrarrestarlo. No se apartaba de su lado en momento alguno.

A diario daban largas caminatas dentro de los senderos internos de la propiedad y la caminería que estaba trazada en los jardines.

Aves de todos colores y especies abundaban en el bosque, entre ellos unas guacamayas que habían tomado un vasto sector como refugio. Alejandro y Gerónimo se ocupaban de mantener llenos los comederos de todas las aves y en los jardines tenían envases especiales para alimentar a los tucusitos.

Gerónimo que conocía a Alejandro desde que nació, y fue junto con su esposa Carmen, guardián, chofer, ductor, maestro, y amigo se preguntaba cómo era posible que unas manos que podían quitarle la vida a un adversario con solo un movimiento de muñecas y partirle el cuello, o romperlo en pedazos la tráquea de un solo golpe con el canto de una de sus manos, fuera capaz de tener tanta ternura y delicadeza con un tucusito.

Estos animalitos se le posaban en sus manos para que Alejandro los alimentara. Cosas de la naturaleza que solamente tienen explicación divina.

Estos detalles llenaban parte del vacío que tenía su vida espiritualmente. Sin la compañía de su esposa y sus dos hijas, se sentía naufragando en un mar tormentoso.

Luego de la partida del Doctor Angulo, dedicaría unas dos horas para preparar su próxima acción. No quería dejar pasar mucho tiempo, pero tampoco que fuera muy seguida. Mantenía al día una lista de los funcionarios que más complicidad o involucramiento con las acciones corruptas del régimen. En realidad, la "cúpula de crápulas" tenía menos de veinte individuos.

Después del ilegal Madero, tenía en la mira al que llamaban Capo del Cartel de los Soles. Un militar mediocre que ascendió en la jerarquía del chavismo, o socialismo siglo del siglo XXI, mediante sus manipulaciones, el hacer desaparecer a sus posibles competidores y ganarse la confianza del ya muerto y enterrado Pedro Manuel.

A Madero lo consideraba un obstáculo para tomar totalmente las riendas del poder, pero se lo hacía muy difícil la vinculación que este había desarrollado con los hermanos Castro. Fueron ellos los que sugirieron a Pedro Manuel que lo designa su sucesor para que continuara el proceso revolucionario, con la asesoría del régimen cubano a un costo sumamente elevado, tanto en lo económico como en lo que tiene que ver con la soberanía nacional.

Cuba pasó a ser la receptora de ayuda incondicional e ilimitada en barriles de petróleo, dólares y parte del oro de las reservas del país, que eran enviadas a La Habana. Un caso de traición como nunca se había visto en la historia de la humanidad. Todo gestado en las mentes diabólicas de los dos hermanos Castro.

Con precisión y planificación sistemática "el francotirador" fue desarrollando su plan de acción. Bajo la mira de su rifle cayeron militares cómplices de los narcotraficantes que operaban como Cartel de los Soles. A ninguno hasta ahora le había dado muerte. Solo heridas leves para infundirles pánico y desconcierto.

Durante una manifestación pacífica en protesta contra el régimen, un oficial de la Guardia Nacional Bolivariana tenía pisado con sus rodillas a una joven manifestante y estaba a punto de golpearla con la pistola, alzada sobre la cabeza de la joven cuando una bala certera le atravesó la mano y lo obligó a soltar a la joven, quien pudo huir de su atacante y ponerse a salvo entre la multitud.

En la misma manifestación, tres Guardias Nacionales tenían a un joven arrinconado contra la cerca de un edificio que el joven intentó escalar para huir de sus perseguidores. No logró escapar y los tres malvados aprovecharon para darle golpes con las culatas de sus fusiles en todo el cuerpo, concentrándose en las rodillas y costillas para hacerle mayor daño. De tres disparos precisos "el francotirador" hirió a los Guardias Nacionales, a pesar de su vestimenta "anti-motín", y al final corrieron despavoridos cobardemente a buscar refugio.

Con la mira telescópica pudo "el francotirador" ubicar otro blanco. Esta vez fue una mujer uniformada que golpeaba salvajemente a una manifestante, apresada en el piso y a quien golpeaba con saña con el casco. La víctima ya no se movía, parecía estar desmayada por los golpes tan salvajes. El disparo le entró por la espalda y le destrozó la clavícula y el hombro derecho. Tanto esta malvada mujer como los soldados que le acompañaban salieron huyendo del sector, hasta ubicarse detrás de una "tanqueta".

Alejandro adaptó un dispositivo que le permitía disparar granadas y, rápidamente, lanzó una descarga contra la tanqueta que voló por el aire y se llevó por delante a los soldados refugiados detrás de ella. Ocurrieron así las primeras muertes provocadas por Alejandro, quien no podía contener su rabia contra el ensañamiento de estos salvajes al servicio del régimen.

Y fue así como los manifestantes se vieron en mejor posición para avanzar, y los soldados de la represión tuvieron que dar marcha atrás desistiendo de sus ataques. En esta ocasión, los muertos de las fuerzas opresoras las considero Alejandro como "casualidades inevitables".

Alejandro pudo abandonar el sitio desde el que disparaba, sin que lo observaran, gracias al caos general que se había producido. Se cambió el traje de camuflaje por una braga de obrero, con una gorra de los Leones del Caracas. El rifle desarmado lo llevaba en una mochila en su espalda para así confundirse con gran cantidad de trabajadores que circulaban de manera nerviosa por el sector.

En la moto que le sirvió de transporte esta vez, que había dejado estacionada a dos cuadras y asegurada con una cadena a un poste de luz eléctrica, se dispuso abandonar el lugar.

Rápidamente, como se lo permitía el tráfico, se trasladó a su casa. Estacionó la moto junto a uno de sus carros, que mantenía cubierto con una lona protectora. En la noche la movería hasta el "búnker", si le era posible. De lo contrario, se quedaría donde estaba, hasta que lo pudiera hacer sin peligro de ser detectado.

Estaba sentado en su sillón favorito cuando llegaron a la puerta los vigilantes que lo custodiaban para verificar que estuviera en casa. El mismo Alejandro les abrió la puerta adelantándose a Gerónimo, que ya venía en camino.

— *¿Qué tal muchachos? ¿Cómo la están pasando? Pasen y se toman un cafecito con un pedazo de torta de pan que está muy sabrosa. Anda Gerónimo llévalos a la cocina. Si me necesitan estaré en mi estudio.*

— *Gracias Coronel.*

Se cuadraron con el respectivo saludo militar y se fueron con Gerónimo. Al salir llevaban una torta entera para compartir con los compañeros y un termo de café. Así estaban las relaciones con estos soldados que hacían las veces de carceleros.

Alejandro se tomó su acostumbrado whiskey en las rocas y se dispuso a oír música para relajarse. *Las Cuatro Estaciones* de Vivaldi fueron impregnando su espíritu de paz y tranquilidad. Danger se estaba haciendo aficionado a la música clásica, su temperamento cambiaba de inmediato si oía música estruendosa. Como si fuera un enfermero terapeuta, Danger dejó que terminara la música y se dispuso a salir a dar su paseo por el jardín.

Danger, a pesar de que solo tenía seis meses, ya mostraba un tamaño que infundía respeto. Su cuerpo era esbelto. Pura fibra y músculo. No por ser un perro de defensa dejaba de sentirse como un joven canino retozando y persiguiendo a los pájaros y las ardillas. Estos animales ya lo conocían y sentían que no había peligro alguno al acercarse a Danger. Alejandro disfrutaba de estas escenas que le servían de terapia.

El paseo se prolongó por casi dos horas. Solamente termino cuando Gerónimo vino a darle aviso de que ya estaba lista la cena.

Por alguna razón desconocida (aunque sospechada), los vigilantes regresaron a la casa y le pidieron que les permitieran hacer una inspección, según les fue ordenada por sus superiores.

— *No hay problema. Pueden pasar y hacer su trabajo con toda tranquilidad. Yo estaré en el comedor, si es que necesitan algo de mí. Buenas noches.*

— *Buenas noches Coronel. Así haremos si necesitamos su presencia.*

Mientras Alejandro cenaba, los guardias recorrieron toda la casa. Habitación por habitación. Hicieron especial énfasis en el garaje y se percataron de que tanto la moto Yamaha, como el Mercedes 280, estaban con los motores fríos, señal de que no habían sido utilizados. El Toyota Corolla que usaba Gerónimo para sus diligencias estaba frente al garage y también mostraba que no había sido usado ese día. Los guardias leían los kilometrajes y llevaban este registro en una libreta, con el día y la hora de la inspección. Era una precaución que servía a los intereses de Alejandro.

Después de la cena se encerró en su estudio para planificar la siguiente misión. Intentaba dar un golpe que causara verdadero pánico en las filas de los esbirros del régimen pro-cubano de Madero. Con apoyo de sus aliados y amigos pudo determinar quien era el militar cubano de mayor rango, entre las filas de cubanos mercenarios que infiltraban el ejército venezolano. Tenía fotografías del individuo, de los sitios que frecuentaba, así como de la quinta en la cual vivía y que había sido expropiada por el régimen para beneficio de este maquiavélico personaje.

Los mismos cubanos se estremecían de miedo, o mejor dicho "terror", cuando mencionaban su nombre. Ramiro Valiente (irónico apellido) era el terror personificado que surgió entre las filas de los que asesinaban a los opositores de Fidel, como si fueran perros sin dueño. Fue encargado directamente por el dictador cubano para fusilar a más de mil cubanos de la resistencia en el Estadio Nacional de La Habana. Coordinaba la tortura de quienes se conocía que dirigían el movimiento de resistencia, para sacarle los nombres de sus seguidores.

La mayoría de estos líderes de la resistencia, murieron a manos de este desalmado. Por su incondicional respaldo a Fidel llegó al rango de General.

Este fatídico personaje vivía en una mansión en el Country Club de Caracas, expropiada a sus dueños por el anterior presidente, producto de su enfermizo complejo de inferioridad. Estaba ubicada muy cerca de la Avenida Mohedano, con los campos de golf como límite a sus suntuosos jardines, ampliados con sucesivas expropiaciones.

La vista de sus jardines y de la espectacular piscina se podía disfrutar desde varios edificios de la Avenida

Francisco de Miranda. La tarea sería difícil de llevar a cabo. Primero se tendría que seleccionar el punto menos comprometido, para observar los movimientos en la mansión y así poder escoger el más apropiado para la misión.

El general Valiente tenía como costumbre nadar todas las mañanas luego de una sesión de ejercicio en su gimnasio privado, ubicado muy cerca de la piscina. No se podía negar su condición física. Era excelente nadador y lograba a su edad dar veinte dobles "laps" en una piscina semi-olímpica. Dicen que era el compañero de Fidel Castro cuando salía a nadar y bucear, actividades que le atribuyen al carnicero Fidel como de alta envergadura.

La escasa visibilidad mañanera y la neblina de muchas mañanas que cubría los campos de golf, serían obstáculos muy serios. El Centro Lido y la torre del hotel del mismo nombre fueron descartados por tener una vigilancia de alta tecnología. Así que quedó como punto de observación otro edificio aledaño.

La compañía OTIS le daba servicio a los ascensores y Alejandro se las ingenió para obtener una braga de mecánico de esa empresa, que usaría para poder subir a la azotea. El general Valiente había ordenado instalar cámaras de alta definición en varios edificios cercanos de la Avenida Mohedano. Favorablemente, el edificio seleccionado por Alejandro no era uno de ellos, aunque tendría que cuidar que no lo detectaran. Así que antes de salir a la terraza tendría que vestir el traje de camuflaje. Su color verde oscuro con franjas negras y grises lo hacían miméticamente invisible. La mayoría de los pisos, los techos y las terrazas eran de estos colores, lo que le brindaba una gran ventaja a Alejandro.

La determinación de si era conveniente herir al general Valiente o ajusticiarlo por sus crímenes no dejaba dormir a Alejandro. Sus fundamentos religiosos de respeto a la vida humana como algo sagrado no lo dejaban concentrarse buscando una justificación válida. No encontraba ninguna que le ayudara a tener paz interior. Era una lucha entre el bien y el mal peleando sin tregua en su cerebro. Algo como un Abraxas de Herman Hess que pretendía romperle el cráneo para salir a la vida y destruir lo único que lo mantenía unido a la naturaleza humana, su fe católica.

Sabía que sus emails los leía el régimen, por lo que no podía contactar a sus amigos del grupo de estudios de Ética sin ponerlos en aprieto. Tendría que dilucidar esta disyuntiva por sí solo.

En la Santa Biblia encontraba innumerables pasajes en los que el Creador hizo uso de su poder para eliminar por la fuerza a quienes atentaron contra el pueblo elegido. Ejércitos de ángeles fueron enviados muchas veces para aniquilar enemigos de su pueblo. Hasta en un momento dado puso el Creador a Abraham en la prueba suprema de ofrecer la vida de su hijo como demostración de su fe y de su entrega total al Señor.

Hasta el sacrificio de Jesús en la Cruz considero Alejandro, diciéndose que era terminar con una vida humana en beneficio de la humanidad, donde los judíos y los soldados romanos fueron los ejecutores de ese crimen. Allí se sacrificó al Hijo de Dios hecho hombre, que luego de ser torturado de manera inhumana, humillado frente a su madre y sus hermanos apóstoles, fue clavado en una cruz de madera como cualquier villano.

Como se puede justificar la aceptación voluntaria de tantos mártires, que por defender su fe dieron sus vidas, tal como los cristianos en el Circo Romano, los Jesuitas en su misión de evangelización en la China, los sacerdotes católicos que en México prefirieron morir antes de renegar de su fe y los miles de católicos y cristianos que fueron víctimas de dictadores como Stalin, Fidel Castro, Amín, Sadam Huseín, y tantos otros. ¿No eran estos actos una manera de quitar la vida a un ser humano, aunque fuera la propia?

Que difícil era ser leal a sus creencias. Tenía ante sí a un demonio que asesinaba por sus propias manos a cientos de inocentes, y que había dado la orden de quitarle la vida a miles de personas, solo para satisfacer los deseos de un dictador, a quien le servía con total entrega. Este individuo cada vez que respira dejaba una cicatriz en el alma de miles de padres y madres cuyos hijos fueron asesinados por este diabólico personaje. Solamente quitándole el último aliento podrían miles de madres dormir en paz. El Quinto Mandamiento de la Ley de Dios pesa sobre Alejandro, como una piedra de molino bíblica amarrada a su cuello.

La defensa personal era la única salida. Esto significaba que Alejandro tendría que arriesgar su propia vida y ponerse en peligro de ser apresado, encarcelado y torturado.

Estaba en su estudio analizando todas las opciones para la

misión que se había impuesto para liberar a Venezuela y a la humanidad: dar de baja a un criminal de la calaña de Valiente. Todo se le hacía laberíntico. No encontraba salida alguna. Sabía que podía herirlo, pero esto no pararía a este monstruo de seguir haciendo sus temibles acciones. Quizá hasta se hicieran peor en su naturaleza y alcance.

Se dijo que tendría que arriesgarse y hacer una visita a la zona de los edificios aledaños para seleccionar definitivamente al más apropiado y que no tuviera el riesgo de las cámaras de video.

Uno de sus amigos del Navy Seal Six era un experto en computación y podía "hackear" hasta las computadoras del FBI y de la CIA si fuese necesario. Mike Crosby le arregló una laptop que, según él, no podía ser intervenida y la cual utilizaría el sistema de la Embajada de los Estados Unidos para acceder a internet.

No había hecho uso de esta herramienta por temor a que no fuera tan segura. Al final no tuvo más remedio que probar su capacidad y con el programa de Google Earth logró tener una visión detallada del sector que le interesaba. Era tan espectacular este servicio que se podía llegar a contar hasta las tejas rotas de las casas. Una aplicación prototipo que estaba aún a prueba tenía capacidad de *infrared* para detectar a las personas que estuviesen en la residencia que se deseara inspeccionar. Estaba conectada a no sabía cuántos satélites y drones, ni le interesaba saberlo. "Lo que no sepas no te será forzado a divulgarlo mediante drogas o tortura", se decía.

Por curiosidad ubicó la casa donde vivía una de las amantes de Valiente. Tenía a una cubana de Villa Clara, de apellido León Bonacia, viviendo en una quinta en El Placer de Baruta. Un sector que tenía una carretera algo angosta y una curva en la parte alta que llamaban la "Vuelta del Casquillo" por su forma casi circular. Más de uno había perdido el control del vehículo y, rompiendo las defensas se había ido al vacío, causándoles la muerte.

Observó que la casa estaba protegida por vigilancia militar cubana, pero nunca como la que tenía su propia residencia en el Country. Revisando sus notas encontró el itinerario de Valiente y los días y horas en que visitaba a cada una de sus queridas o amantes. La cubana parecía ser la preferida, pues recibía dos visitas semanales del general. Las otras no tenían días fijos. Las visitaba cuando le apetecía hacer uso de ellas.

Se dijo a sí mismo que iba a esperar un poco para llevar a cabo la misión y buscar el mejor momento cuando Valiente estuviera visitando a la cubana León Bonacia. Esta resultó ser familia del mentado general. Según la información suministrada, la trajo de Cuba cuando apenas tenía 15 años. La complicidad de los padres, que eran parientes de Valiente, fue compensada con dólares y ciertos otros beneficios. Nada extraño en la Cuba de la revolución Castro-Comunista.

Mediante la investigación que hizo Alejandro, notó que una silueta de persona entraba a la casa, luego de hacer un recorrido por los alrededores y utilizaba la puerta posterior para acceder al interior. Los otros guardias ni cuenta se daban de estas maniobras. No mantenía una rutina, cambiaba los días y horas, así como la manera de realizar la inspección y el acceso. En algunas oportunidades le servía a la León Bonacia, de chofer para llevarla a la peluquería. Verlos juntos no extrañaba a los otros guardias. Algunas veces usaba a cualquier otro guardia, para disimular.

Alejandro había perdido interés en proceder con la misión en la mansión del general Valiente, por considerar que presentaba más riesgo que los que él debía asumir en esta etapa de su gesta vengadora. Lo dejaría para otra oportunidad cuando el general Valiente se encontrara en la mansión de la Avenida Mohedano con los testaferros cubanos del régimen. Valiente no era el único objetivo, aunque sí el de mayor impacto entre los cubanos mercenarios que habían infiltrado las instituciones de Venezuela.

Para poder ejecutar la misión tendría que estudiar muy bien la ubicación de la casa de la amante cubana. Conocer las vías de acceso y las de posible escape si se presentaba alguna emergencia. Para hacer esto se dispuso a salir de su residencia y trasladarse al estacionamiento donde guardaba una de sus dos motos y dos autos. Utilizaría el auto para hacer el reconocimiento planteado, ya que pasaría más desapercibido que la moto en ese sector de la ciudad.

Se vistió de manera que pudiera pasar por un empleado de cualquiera de las quintas de la zona. Una gorra de béisbol y una sudadera con el emblema de la cerveza Polar, blue jeans y zapatos tenis de marca barata. Unos anteojos oscuros para sol de baja calidad y como disfraz se puso unos bigotes postizos. Ni su propia madre podría reconocerlo en esa facha.

Dio varias vueltas por la urbanización, deteniéndose en varias esquinas como buscando una dirección y chequeando los letreros con el nombre de las calles y avenidas. Hasta se detuvo frente a una de las quintas para preguntarle al jardinero por una dirección que aparentemente buscaba. Luego siguió su trayecto saliendo de la zona. Sin darse cuenta se le cruzó en el camino a una camioneta Ford Expedition de color negro, que venía a cierta velocidad y la hizo perder el control de manera momentánea, detrás de esta camioneta venía otra que le servía de escolta, ambas a toda velocidad.

Era nada más y nada menos, que el propio General Valiente y su escolta. Se dirigían a visitar de manera no programada a su amante. Aquel pensaba sorprenderla con la visita y el sorprendido fue el propio General Valiente quien encontró que un Guardia estaba disfrutando de los favores de la damisela. Cuando Valiente estaba en el salón de la casa, el Guardia venía saliendo de la alcoba, arreglándose el uniforme y acomodándose la camisa que aún tenía por fuera.

La escena que se produjo no vale la pena reproducirla en este relato. Valga decir que el guardia pasaría el resto de su vida en un calabozo y la dama en ciernes recibió una golpiza a puerta cerrada.

Solo se podían oír los gritos pidiendo perdón hasta que se apagó el ruido y abrió el General Valiente la puerta de la alcoba, saliendo como un torbellino y gritando órdenes a sus subalternos.

— A ese maldito lo quiero preso a mi nombre y que se olviden de que existe. A esa perra rastrera la quiero fuera de aquí antes que

cometa yo una locura y le pegue dos tiros. La ponen en un avión y que se vaya para Cuba, donde la pondrán bajo arresto a mis órdenes. Se pudrirá en un calabozo junto a lo peor ralea que las cárceles cubanas puedan tener.

Subió a la camioneta Expedition y el chofer, temiendo que le cayera encima la rabia del general, arrancó a toda velocidad, seguido por la camioneta de los escoltas.

La acción accidental de Alejandro hizo que el general se molestara de tal manera que persiguió al carro de Alejandro de manera violenta y mal intencionada. Quería pagar con cualquiera la rabia y frustración que sentía y Alejandro con su accidental imprudencia le presentó la oportunidad en bandeja. El Toyota Corolla mantuvo la distancia sin perder la velocidad. Tenía mejor agarre en la carretera que las Expeditions, que por impericia de los choferes, se salían de la vía con frecuencia, dejando a su paso una nube de polvo.

Estaban llegando a la fatídica curva de El Casquillo y Alejandro se aprestó a tomar la precaución de pegarse muy bien de la derecha y cortar la curva a riesgo de que viniera otro vehículo en sentido contrario. Por buena suerte no ocurrió así y pudo pasar esa peligrosa curva a buena velocidad.

La Expedition perdió el control y chocó contra la defensa, una, dos veces, haciendo que la escolta perdiera también el control y chocara contra la que iba adelante, lanzándola contra la defensa de manera violenta y cayendo al vacío. La segunda camioneta no pudo frenar a tiempo y siguió el mismo camino que terminaba en la Quebrada de El Volcán, a unos doscientos metros del borde.

Dios protege a los inocentes y castiga a los malvados de manera extraña. Alejandro estuvo a punto de cometer un acto del cual se tendría que arrepentir el resto de su vida, si le hubiese dado muerte al General Valiente en su mansión.

La Mano de Dios se hizo presente y permitió que no cometiera ese crimen.

Alejandro siguió su camino de manera normal. Otros vehículos que venían a cierta distancia vieron parte de lo ocurrido e hicieron las llamadas de rigor. Se fueron estacionando a los lados del barranco y caminaron hasta el borde para ver las dos camionetas hechas pedazos. A esa distancia no se observaba movimiento alguno que indicara que estuvieran vivos sus ocupantes.

El General Valiente y sus escoltas no supieron que la persona a quien perseguían con tanta furia era el Coronel Luis Alejandro Ramírez Jiménez. Esta muerte accidental ocuparía los titulares de todos los diarios del país, por la notoriedad del personaje. Entre las filas de militares venezolanos y cubanos habría manifestaciones veladas de cierta satisfacción por haberse librado de tan maligno personaje.

Perdía de esta manera el régimen encabezado por Raúl Castro, a uno de sus más valiosos colaboradores para mantener el control de Venezuela y sus recursos, que le eran tan necesarios a Cuba. Más que necesarios eran indispensables para la sobrevivencia de la isla-estado, ya que la pretendida recuperación de las pérdidas, supuestamente sufridas por el embargo de los Estados Unidos, cada día se hacía menos posible.

Vivían los hermanos Castro con una espada de Damocles sobre sus cabezas, sabiendo que los días de Madero en el poder estaban contados. Ya no podían contar con los rusos o los chinos para que los mantuvieran y Venezuela estaba a punto de cerrar las válvulas que le suministraban petróleo gratis y recursos financieros.

Las naciones latinoamericanas como Nicaragua, Ecuador y Bolivia difícilmente podrían sustituir a Venezuela y, de hacerlo, corrían el riesgo sus respectivos presidentes, de ser destituidos por la vía de un golpe de estado.

Las islas-estados del Caribe estaban para que las mantuvieran y no tenían recursos extras que brindarle a los Castro. El régimen Castro-comunista estaría pronto llegando a su fin. Faltaba saber como sería la realidad de la nueva Cuba una vez estuvieran fuera los dos sátrapas.

Vamos a viajar hacia el pasado y hacer una consideración muy especial que tiene que ver con ese matrimonio de abnegados amigos: Gerónimo Colón y su esposa Carmen Encarnación, quienes han estado con nosotros desde la culminación de la guerra de Vietnam, donde Gerónimo sirvió en los Green Beret como voluntario de Puerto Rico.

Fue herido varias veces, la última le valió su desincorporación y traslado de vuelta a su Borinquen. Como sucede con todas las ofertas y promesas de los gobiernos, no recibió la ayuda ofrecida. Llegando a Puerto Rico se encontró que hasta su casa había perdido en manos de los bancos y los impuestos.

En unas vacaciones de mis padres a Puerto Rico, le fue recomendado Gerónimo para que le sirviera de chofer en el carro que habían alquilado, a la vez que los cuidaría con abnegación, frente a la ola de delincuencia que viene azotando a Puerto Rico por décadas.

Una de las habilidades desarrolladas por Gerónimo en sus cuatro años de servicio militar, fue el haberse hecho Máster en Defensa Personal y en especial en aikido. Una vez listos sus padres para el retorno a Venezuela, se llevaron con ellos a estos dos amigos, no como empleados, sino más bien como una adición a la familia.

Gerónimo fue su sensei desde que llegó a su casa, y su esposa Carmen su aya y cuidadora. Desde entonces viene Gerónimo cuidando de él para hacerse un hombre responsable que ha sido el norte en su vida. Esta enseñanza fortaleció su carácter y desarrolló en él una disciplina que le sirvió para lograr todas las metas en su carrera militar.

Luego del encuentro con el general Valiente, su estado anímico estaba al borde del colapso por haberme expuesto de manera tan imprudente. Su recuperación mental iba a tomar un gran esfuerzo y disciplina siguiendo las instrucciones de Gerónimo. Meditación intensa y actividad física extrema en el dojo fue la receta de su buen amigo y sensei.

El programa del "Sensei Morihito Saito" de 13 katas era uno de los preferidos de Gerónimo y el que más utilizaba Alejandro.

Después de dos horas de intenso entrenamiento, Alejandro sintió los efectos relajantes en su estado de ánimo, lo que le permitió, luego de un buen baño, ponerse a evaluar el alcance del accidente ocurrido, que le resolvía la coyuntura con el General Valiente.

Al no haber testigos aparentes del accidente, e indicios de la participación de Alejandro, no habría manera de relacionarlo. Esto le restaba impacto a la noticia y reducía la posibilidad de influir en los temores del ejército cubano de ocupación. El objetivo que buscaba era crear un estado de zozobra entre ese ejército y que comenzaran a pensar en el peligro individual que corrían al permanecer en Venezuela.

Se le ocurrió generar una noticia anónima que mandaría a su contacto en el diario capitalino, que ya había usado en otras ocasiones con resultados muy positivos. De inmediato se dispuso a redactarla y explicar, con lujo de detalles y sin identificar la marca del auto que conducía, ni -por supuesto- el conductor.

Primero llamó, con un celular desechable, para informar que hubo un acto de violencia en la residencia de la amante del General Valiente, según la gran conmoción existente. Le dio la dirección y solicito se enviara de inmediato una ambulancia y alguien que verificara los hechos ocurridos.

Manifestaba el informante anónimo que el "francotirador" condujo un auto de color gris y fue perseguido mientras inspeccionaba la zona de la quinta donde vivía la amante del General Valiente

Proporcionó información del sitio exacto del accidente, según pudo observar por el espejo retrovisor. Por supuesto que no se detuvo más que para tomar una fotografía; de la defensa rota por el impacto, y siguió su camino.

Era recomendable que se trasladara al área si no quería perder la primicia. Para evitar complicaciones, el reportero dio información al cuerpo de Bomberos de El Hatillo y tomando su cámara fotográfica, se trasladó al lugar de los hechos.

De inmediato y vía celular, el reportero de sucesos informó a la radio (con la que tenía relación profesional), con todos los detalles recibidos y poniéndole la nota sensacionalista acostumbrada en ese programa. No dejó de hacer referencia al hecho de, supuestamente, haber sido visto en el sector el auto que conducía un personaje vestido como ya había sido denunciado el "francotirador" (visto en el lugar de los hechos: el Consejo Electoral).

Dejó en el aire la duda de si fue esta una coincidencia que terminó en un accidente fatal, o si fue parte del plan que venía desarrollando el "francotirador" contra los abusos del régimen, así como la supuesta participación de los "colectivos" como instrumentos para amedrentar a la población.

Ya en el sitio del accidente tomó varias fotografías donde ya se veía la acción de rescate de los bomberos, la cual reportó a la radio que pudo dar la información en vivo. De inmediato fue a la dirección donde le informaron que vivía la amante del General Valiente. El hermetismo de los guardias de seguridad de la residencia, le hizo sospechar que había ocurrido algo que intentaban ocultar y esto le hizo insistir en su pesquisa.

Vio como desde una de las ventanas de la casa lo observaba una persona que no lograba identificar y a la cual fotografió, hecho que produjo la protesta de los guardias, sin que llegaran a quitarle la cámara. En el piso de la calle notó huellas de llantas, bien marcadas, de dos vehículos. Esto le produjo la sospecha de que algo ocasionó que salieran a toda velocidad. Preguntó a los guardias y por las respuestas pudo deducir que lo encontrado por el General en la casa de su amante, no había sido de su agrado.

Aquí está la respuesta a la persecución que hicieron al informante. Corrobora que al atravesársele este en el camino, los dos vehículos de Valiente se dispusieron alcanzarlo para darle su merecido. Con fotografías de la casa y la presencia de los militares cubanos, así como las marcas de los cauchos en la calle, se dispuso visitar el sitio del accidente. De manera disimulada tomó unas gráficas de los vecinos, donde no se veían con claridad sus caras, para protegerlos.

Ya los bomberos estaban subiendo en bolsas plásticas a los que ocupaban los dos vehículos. Unos oficiales de tránsito elaboraban un informe del accidente y le hacían preguntas a personas que se encontraban en el lugar.

Tomó tantas fotografías del sitio como consideró conveniente, así como de los vehículos en el fondo del barranco. Uno de los bomberos, un poco hablador, le dio datos sobre los ocupantes diciendo que se trataba de soldados cubanos, por los uniformes que vestían. Entre ellos iba un general por la cantidad de estrellas en su uniforme.

Uno de los oficiales de Tránsito dijo que la camioneta donde viajaba el general tenía un golpe en la parte posterior, lo cual indicaba que había sido impulsada por la segunda Explorer al perder el control, de acuerdo con las marcas zigzagueantes de los frenos marcados en la carretera.

Todos estos datos le ayudaban a dar credibilidad a su informante anónimo.

Regresó a la redacción del diario para escribir su reportaje en la próxima edición, dándole "un tubazo" a los otros diarios de la ciudad. Ya la radio tenía su informe detallado y en vivo, desde el sitio del accidente. En cada noticiario, incluían este reportaje, destacando que se trataba del General Valiente, del ejército cubano que había sido invitado por el régimen chavista a infiltrar a las Fuerzas Armadas Nacionales.

En el reportaje impreso usó tantas fotos como le fue posible, así como información acerca del General Valiente y su vinculación con los Castro, que daban a conocer la personalidad de este individuo. No dejó de publicar fotografías de la residencia oficial del General en el Country Club, sacadas del archivo del diario y que fueron tomadas para cubrir actos sociales del anterior residente. La quinta estaba acordonada y no se permitía la presencia de personal periodístico.

Todos los diarios de la ciudad y algunos nacionales, destacaron la noticia con grandes titulares, dándole crédito por haber originado la noticia como primicia. De esta manera se cuidaban de no ser demandados o penalizados por el régimen. Tanto él, como los dueños del diario estaban acostumbrados a estos ataques y nada podían hacerles que no hubiesen hecho antes.

Quedaba la nota de intriga y la gran interrogante acerca de la presencia del informador anónimo en el sector. Se dejaba ver, sin afirmarlo de manera categórica, que se trataba del "francotirador fantasma". Esto sin lugar a dudas generaría una ola de inquietud entre los militares y soldados cubanos, así como en el personal de enfermeros y maestros de la llamada "misiones".

Las especulaciones se orientaban a afirmar que el "francotirador fantasma" estaba haciendo blanco de una venganza al personal corrupto del régimen de Madero y contra los invasores cubanos.

No faltaba quien afirmara que Venezuela estaba invadida por personal del G2 cubano, compuesto por espías, con la misión de modificar la conducta de los venezolanos, y hacerlos presa del terror y la sumisión.

Otros afirmaban que el "francotirador fantasma" era un agente de las Fuerzas Especiales de los Estados Unidos mandado por la CIA. Las especulaciones se incrementaban con el paso del tiempo y las nuevas informaciones de prensa, que buscaban mantener en primera plana la noticia del suceso, no perdían la oportunidad de hacerlo con la aparición de cualquier informante que quisiera ampliar el contenido de la noticia y darle actualidad.

Alejandro, mientras tanto, se concentraba en sus ejercicios y meditaciones para mejorar su estado de ánimo, que había empeorado luego del accidente. Aunque no fue su responsabilidad directa, se sentía parcialmente responsable de haber provocado la muerte de tantas personas. Hablando al respecto con Gerónimo, este le aconsejo que hablara con el padre Rodrigo, quien fue su profesor y confesor mientras estudiaba bachillerato en el Colegio San Ignacio.

No veía Alejandro cómo hacer esto estando encerrado en su cárcel domiciliaria. Sería cosa de hablar con el doctor Angulo en su próxima visita semanal, que se produciría en dos días.

Mientras tanto se mantendría con los ejercicios y la meditación, complementado por los paseos con Danger por los jardines de la propiedad. Esto siempre le servía de terapia.

Danger percibía que lo iban a sacar a pasear y de una vez se ubicó cerca de la puerta que daba al jardín trasero. Allí lo encontró Alejandro, recibiéndolo con ladridos de satisfacción. La tarde transcurría con bastante neblina y un tanto fría por lo que Alejandro se abrigó con un suéter y una gorra. No era hora de contemplar las aves, solo caminar y respirar el aire fresco del atardecer que le llenaba los pulmones de oxígeno y su sangre de vitalidad.

Pasaron casi dos horas paseando por la caminería de la propiedad y próximo a las cercas de piedra que la rodeaban, observando que las cámaras estaban intactas. No habían sido tocadas. Conservaban muy bien su camuflaje, entre la vegetación y las ramas de los árboles.

Ya se acercaba la hora de la cena, y no quería tener a Carmen y Gerónimo esperando por él. A pesar de la protesta de Danger se volvió a la casa donde, luego de darse un baño, se alistó para sentarse en la mesa y esperar la cena que Carmen había preparado.

Luego de que los tres comieron, aún quedaba alimento suficiente para compartir con sus vigilantes. Gerónimo preparó varias fuentes con comida y se las acercó a la pequeña casa que les servía de cuartel.

Al verlo aproximarse, se llenaron de sonrisas sabiendo que les aguardaba una cena decente y no la comida de cuartel que preparaba el cabo Martínez.

— *Muchachos el Coronel les manda sus saludos y estas dos botellas de vino para que completen la cena. No se vayan a pasar de tragos, no sea que les llegue una inspección y se las vean negras.*

— *Gracias Gerónimo y dale las gracias al Coronel de nuestra parte manifestó el sargento.*

El resto, como de costumbre, solo asintió con la cabeza y mostró su agradecimiento con una amplia sonrisa. Con el accidente sufrido por el General Valiente seguro que vendrían a visitarlos muy pronto. Por supuesto que no encontrarían nada sospechoso. El único carro hallado afuera sería el de Gerónimo.

Alejandro terminó de pasar la noche oyendo música clásica ligera, una grabación del maestro Inocente Carreño dirigiendo la Orquesta Sinfónica de Londres, con arreglos del propio maestro. Esto antes de irse a la cama mientras se tomaba una copa de brandy Felipe II, que era su preferido. Por ser tan tarde omitió la taza de café, no quería quedarse despierto toda la noche.

Por la mañana, luego del desayuno, se retiró a su estudio para ver las noticias en la televisión y leer los dos periódicos del día que Gerónimo le trajo como de costumbre. Leyó con interés el reportaje del periodista contacto y se aseguró así que no se mencionaba su nombre o cosa alguna que lo pudiera implicar. Tampoco había nada en el otro diario, que solo hacía referencia a datos recogidos por el "contacto" y los producidos por el Cuerpo de Bomberos. Muy generales todos.

Por "cuestiones de Estado", se omitió dar detalles de los hechos ocurridos antes del accidente. Únicamente se destacaba que había sido un lamentable y fatal accidente sufrido por el apreciado General Rodrigo Valiente, quien servía al ejército venezolano en calidad de asesor militar y a quien el gobierno de Madero le agradecía infinitamente los servicios prestados.

Con más de este maquillaje periodístico, Alejandro no soportó seguir leyendo.

Ya tenía que preparar su próxima "misión". Esta vez pensaba dirigir su acción hacia uno de los más influyentes miembros del gabinete de Madero, quien a su vez era considerado como su más peligroso opositor, por las pretenciones que tenía de asumir el poder en la primera señal que diera Madero de debilidad. En realidad eran varios los enemigos potenciales.

El actual Ministro de la Defensa, General Tarquino Saldivia había ganado poder con la profundización de la crisis social y económica. El desabastecimiento generalizado se convertía en una fuente de peligrosa implosión social. La población iba en aumento en la manifestación de su rechazo y protesta contra el régimen. Los focos de violencia contra la policía y la Guardia Nacional Bolivariana se expandían por todo el territorio nacional. Los asaltos a los transportes de alimentos y medicina, dirigidos a los centros de distribución del régimen, se hacían más frecuentes y temerarios.

El sistema de distribución preferencial, solo para los simpatizantes y colaboradores, era una mecha encendida que podría significar el principio del fin de este régimen, cuando la población, por llegar al extremo de sufrir hambre como nunca antes en sus vidas, se lanzara a las calles masivamente cual tsunami humano, llevándose por delante cualquier obstáculo.

La población en general, no adscrita al partido de gobierno, tenía que pasar por la humillación y vejamen de ser "marcados" como ganado, con un número en sus brazos, para poder intentar comprar comida, si es que al llegar al final de las largas e interminables filas aún quedaba algo.

A diario se denunciaba en la prensa no controlada aun por el régimen, estas "colas" con personas que en ocasiones pasaban la noche en vela para optar a los primeros puestos y así tener más posibilidad de lograr su objetivo. Objetivo, por cierto, muy simple: llevar algo de comida para alimentar a sus familias. Personas mayores de edad desfallecían en estas colas bajo el sol inclemente. Deshidratados y hambrientos. En ocasiones se daban peleas entre los ocupantes de los primeros puestos, que ganaron con la espera en vela, y los aprovechados y matones de barrio que pretendían colocarse de primeros.

En algunas partes del país se reportaban muertes de estos maleantes por parte de la población. Muertes que les ocasionaban con golpes y patadas. En algunas lamentables ocasiones fueron rociados con gasolina e incinerados. Desesperación y barbarismo crueles que transformaban la gente buena en fieras.

La desesperación y la frustración se incrementaban al ver la pasividad con la cual la dirigencia política de oposición tomaba este asunto. Y no buscaban maneras de agilizar la salida del régimen con el Referéndum Revocatorio, que millones de venezolanos habían aprobado para salir del régimen dictatorial, usurpador y por demás ilegal.

El otro enemigo que pretendía asumir el mando al salir Madero, era un militar de baja graduación y trayectoria profesional, que solo se había destacado en negocios con el tráfico de drogas, la malversación de fondos del Estado y la apropiación indebida de empresas y propiedades, que expropiaban de manera arbitraria a sus dueños, pasándolas a propiedad de los familiares y cómplices del régimen.

De esta manera ganaba poder dentro de las huestes que conformaban los poco numerosos seguidores, que aún le quedaban al régimen de Madero. Una actividad de corrupción que inició el funesto y fallecido Pedro Manuel.

El "target" o blanco del interés de Alejandro no era otro que Dionisio Palencia, que apenas con grado de capitán del Ejército, fue escalando posiciones de poder por su incondicional apoyo a Pedro Manuel. Apoyo que le permitió ser el "hombre fuerte" del régimen, ocupando la presidencia de la Asamblea Nacional, hasta que la oposición ganara las elecciones de Diputados con una abrumadora mayoría.

Con la complicidad de cientos de militares de las distintas fuerzas, obtenida por Palencia al darle participación en los beneficios del Cartel de los Soles. Esta era la organización más poderosa de América del Sur en el tráfico de drogas y contrabando de armas.

Estos dos personajes estaban en la lista de prioridades de Alejandro. Solo aguardaba la oportunidad, ya próxima, de tenerlos "bajo la mira de su rifle". El Ministro de la Defensa general Tarquino Saldivia era el más difícil, debido a la escolta y sistema de seguridad que lo rodeaba. Sin embargo, siempre existía una ventana de posibilidades.

Esta ventana se abriría más pronto de lo que Alejandro se imaginaba. Para el traslado de los restos del General Valiente a Cuba, con una escolta de los soldados, se llevaría a cabo el próximo Domingo, una ceremonia en el aeropuerto de La Carlota, dos días más tarde, en horas de la mañana. A esta ceremonia asistirían los miembros del gabinete y otras personas vinculadas al castro-comunismo chavista, como era conocida la fracasada revolución socialista del siglo XXI.

Sin lugar a dudas, Tarquino Saldivia estaría entre los primeros en llegar, por ser tan grande su afán de figuración y poder. El hangar que utilizarían para el traslado sería el de PDVSA, que hacía de empresa charter del régimen cubano y sus acólitos venezolanos. Este hangar estaba ubicado favorablemente a los planes de Alejandro.

Haciendo uso de los recursos de internet no le sería difícil a Alejandro ubicar las coordenadas del hangar y los edificios de las urbanizaciones próximas que podría usar para su cometido. Oportunamente, haría un recorrido por la zona para establecer cuáles podrían ser los lugares donde instalarían los puestos de control. Los edificios, más próximos, alrededor del aeropuerto, que serían tomados por la Casa Militar y los cuerpos de seguridad de la presidencia.

Como cosa curiosa, Alejandro terminó de leer la novela del norteamericano Don Mann, de su serie de "Navy Seals Six", titulada *Hunt of the Falcon*, en la que despliega conocimientos de las relaciones del régimen venezolano con los terroristas árabes, así como con los carteles de la droga de Colombia y México. Los vínculos del régimen de Madero con los gobiernos pro-terrorista de Irán y de Siria son tan evidentes y públicos que da vergüenza ver el grado de ingenuidad desplegado por el gobierno de Washington. Así mismo, el control que Raúl Castro ejerce sobre Madero, quien responde cual "títere" a los impulsos emanados desde La Habana.

Los hermanos Castro, viendo que su enfrentamiento directo con los Estados Unidos, solo les traería más daño a su economía que beneficios, intentaban por la vía diplomática desarmar al gobierno de Obama y sacarle algún provecho al ver que Venezuela no podría seguir sirviéndole de "alcancía". Estas dos terribles sabandijas han estado trabajando, indirecta y subterráneamente, para lograr el debilitamiento y descrédito de la presencia "gringa" en el continente, utilizando primero a Pedro Manuel y ahora a Nicomedes Madero. Como lo harán ahora con Juan Manuel Santos en Colombia luego de la firma del tratado de paz con las FARC.

Ya tenían bajo su control y adoctrinamiento a los gobiernos de Daniel Ortega en Nicaragua, Rafael Correa de Ecuador y al de Evo Morales en Bolivia, con la participación solapada de los gobiernos de las islas-estado de Trinidad-Tobago y Granada. Además, de Guyana, Haití y otros gobiernos "no alineados" de menor importancia. Era innegable el poder e influencia de La Habana en la Organización de Estados Americanos y en otras instituciones como Mercosur y PetroCaribe. Colombia era aún una gran incógnita. No se sabía qué esperarse de Santos, que a veces mostraba tendencias favorables hacia el socialismo cubano y otras hacia una economía de mercado.

Por conveniencia con los grandes financistas de la lucha contra el narcotráfico y las guerrillas, el gobierno de los Estados Unidos de Norteamérica, Santos jugaba simultáneamente en los dos bandos.

Los hermanos Castro le estaban sacando provecho a esta situación, al hacer de Cuba un centro de diálogo y negociación, que les producía más de un millón de dólares diarios de honorarios, además de los millones que dejaban los delegados en los hoteles y prostíbulos de la isla.

No se puede olvidar que la prostitución en Cuba se hizo

actividad controlada por el régimen. Las jineteras eran empleadas del gobierno a quien reportaban los dólares que generaban, quedándose ellas con una ínfima parte para subsistir.

También se promovía la existencia de "jineteros" o prostitutos masculinos, que se ofrecían a los visitantes con desviaciones sexuales, por el pago en dólares. El Malecón de La Habana pasó de ser un destino turístico a la antesala de los prostíbulos.

Cuba bajo Castro perdió toda su capacidad productiva de azúcar, ron, café y otros rubros agropecuarios pero no la categoría de ser el "burdel del Caribe" y ciertamente el más grande. La prostitución y "trata de blancas" se convirtió en una industria de estado. Fidel Castro cumplió su palabra de transformar a Cuba en una superpotencia en la producción de carne, en sus primeros diez años de gobierno. Solo que la carne que ofrecía no era de origen bovino, sino humano.

Gracias al espíritu combativo y resistente de algunos cubanos se han podido desarrollar capacidades científicas en varias áreas. Trabajando con las uñas mantienen un prestigio en materia de investigación y conservación de áreas marinas muy frágiles, así como en cirugía y ortopedia.

No se les podía negar, que a pesar de las limitaciones impuestas por un régimen retrógrado y totalmente extemporáneo, que el pueblo cubano había podido desarrollar sus habilidades y capacidades en las bellas artes, la música y las letras. En deporte han destacado por propia voluntad, y son el boxeo, el judo y el beisbol disciplinas en las que han logrado excelencia.

En la mañana del traslado de los restos mortales del General Valiente a La Habana, el aeropuerto de La Carlota había sido virtualmente tomado por las fuerzas militares. Así como por sus cómplices. Sumándose, los guardaespaldas de los narcotraficantes que dirigían el Cartel de los Soles. Los edificios aledaños estaban custodiados por militares y narcos en iguales condiciones de brutalidad y abuso. No se podía transitar por las avenidas que rodeaban el aeropuerto sin que fueran detenidos para sufrir una requisa humillante. Mujeres, ancianos y hasta niños eran objeto de estas humillaciones y vejámenes.

Sin embargo, a un escaso kilómetro de distancia, estaba ubicada una torre de apartamentos y oficinas, con locales de comercio en la planta baja y estacionamiento subterráneo. La Torre de Marfil, ubicada en Altamira, tenía una vista amplia del aeropuerto desde donde Alejandro probaría la capacidad del rifle de francotirador, que tenía como arma de preferencia.

Según los fabricantes, que irónicamente eran cubanos, usaban tecnologías rusas y chinas. Era el rifle para francotirador que Alejandro había comprobado como el más confiable de todos los que utilizó en sus años con las Fuerzas Especiales.

El rifle tenía alcance de una milla, esto es de unos 1.500 metros, con precisión y efectividad. La distancia que tendría que cubrir Alejandro era de poco más de un kilómetro, quedándole unos cuatrocientos metros de colchón. El viento corría de este a oeste según indicaban las mangas fijadas al final de la pista.

La tarima montada para los actos protocolares estaba ubicada en línea directa hacia la Torre de Marfil. No existía obstáculo alguno que se interpusiera en la visual que Alejandro necesitaba. Este edificio había sido descartado por los organismos de seguridad, por la distancia que lo separaba del aeropuerto.

La familia Jiménez tenía oficinas en esa edificación, desde donde operaba la administración de los bienes que el régimen de Madero les había dejado mantener. Esto le sirvió a Alejandro que tenía en su poder un juego de llaves para acceder a las oficinas. Utilizando un carro Malibú que mantenía en el estacionamiento cercano a su residencia y que pasaba desapercibido por ser común en Caracas, se trasladó para llevar a cabo la misión proyectada. No le fue difícil subir a la azotea del edificio y colocarse de manera que estuviera protegido y que le permitiera una visual clara del objetivo.

Con la mira telescópica que añadió al rifle pudo ubicar su objetivo con claridad y precisión. No sin antes observar con detenimiento, todos los detalles del hangar y las áreas adyacentes con unos binoculares de alto alcance y magnificación. Hizo los ajustes de velocidad y de trayectoria, disponiéndose a aguardar con la paciencia de ninja que lo caracterizaba.

La paciencia en la espera fue recompensada. El grupo presentaba un blanco perfecto, con una sucesión de disparos, logró impactar tanto a Tarquino Palencia como a Dionisio Saldivia. Este último no tuvo mucha suerte, pues al caer impactado Tarquino, uno de sus guardaespaldas se tropezó con Dionisio, colocándolo en línea directa del segundo disparo que le dio en el centro de la frente, volándole la mitad de la parte posterior de la cabeza, hiriendo a su vez a uno de los guardaespaldas. Un lamentable accidente que no tenía que haber ocurrido.

Dionisio Saldivia, el Capo del Cartel de los Soles había encontrado el castigo a sus crímenes y atropellos. El más beneficiado de esta tragedia era el propio Nicomedes Madero quien veía en Dionisio su némesis, la espada de Damocles que pendía sobre su cabeza 365 días y que hacía que su vida fuese una constante incógnita, sin saber cuando le darían el golpe de estado, provocada su muerte "accidental" o el teatral magnicidio adjudicado a la CIA.

Alejandro se trasladó por la avenida Luis Roche hasta la Cota Mil y por ella se dirigió hacia el este, para bajar hacia Petare y tomar el rumbo a su casa por la Autopista del Este. Tuvo la suerte de haber pasado antes de que se establecieran las alcabalas de control que se lo impedirían. Ser requisado, puesto preso sin lugar a dudas sería resultados de una requisa.

Manejando por callejuelas y callejones, entre viviendas humildes, pudo llegar hasta las proximidades del Centro Comercial Las Américas y de allí tomar la vía más rápida y segura hasta el estacionamiento, donde guardaba sus vehículos para emergencias. Al llegar le colocó la lona que usaba para protegerlos del polvo y la vista de curiosos. Luego se aprestó a caminar hasta el sendero que lo llevaría al acceso secreto a su vivienda.

Gerónimo y su esposa lo estaban aguardando como "pareja de tigres con prole recién nacida". Manifestaron su preocupación, al ver las noticias en la televisión oficial y los movimientos de la policía y militares en los alrededores de La Carlota.

Caracas estaba, de hecho, en estado de sitio, que aún no había sido declarado por el régimen un toque de queda. Cosa que se veía venir dada las circunstancias y el temor de los cómplices de Madero. Sentían que ellos estaban también en la mira de ese francotirador misterioso y a la vez de sus enemigos y detractores.

El avión de PDVSA que trasladaría a La Habana los restos del general Valiente, brazo ejecutor de crímenes y asesinatos de Fidel y Raúl Castro, despegó sin más ceremonia protocolar. Los vehículos que transportaban a dignatarios y militares, con sus respectivas escoltas salían a toda velocidad del aeropuerto. Creaban un verdadero caos que benefició a Alejandro en su retirada del sector.

Gerónimo, como de costumbre, se acercó al alojamiento de la guardia que custodiaba a Alejandro y les llevó una bandeja con sanduches y dos botellas de vino. Les dijo que si querían tomar café recién colado, sabían el camino a la cocina de Carmen, donde siempre eran bienvenidos.

Notó el nerviosismo de los guardias que habían visto la noticia por televisión y especulaban acerca de lo que iba a suceder luego para sustituir al capo. Seguro que se iba a desarrollar una lucha a muerte por el poder, entre la oficialidad de mayor rango.

Gerónimo oyó cuando uno de ellos comentaba "más de un general intentará alzarse con el coroto". Otro dijo: "Son muchos millones de dólares los que están involucrados". "Seguro", dijo otro. "No van a perder esa oportunidad, y ponerse a la cabeza del Cartel". "A nosotros solo nos toca la responsabilidad de protección y transporte y de vez en cuando migajas del festín".

Gerónimo no se dio por enterado y volvió a la casa.

Alejandro le dijo:

Esa pobre gente está asustada. Presienten que va a suceder algo grave en la lucha por el control del Cartel y que habrá muchos muertos.

Seguro que Tarquino, una vez salga del hospital, va a intentar hacer algo. Pero quizá sea muy tarde. Esas cosas, cuando explotan, son como una bomba improvisada, lanza clavos envenenados indiscriminadamente a su alrededor, causando daños incalculables.

Dios quiera que los muertos sean de la propia organización y no incluyan a personas inocentes. Ya el país está viendo morir a diario, cientos de inocentes en el territorio nacional. Solamente en Caracas, mueren más de cincuenta personas cada día, producto de la violencia y la inseguridad.

Bueno, vamos a comer nosotros y ver que más dicen los canales oficiales. Los canales privados solo podrán repetir lo que les indiquen desde el Ministerio de Información.

Después de comer, Alejandro se metió a puertas cerradas en su estudio y prendió la televisión. Usando el teléfono especial que le había dado su amigo de la CIA, quien operaba desde la Embajada de los Estados Unidos, hizo algunas llamadas a sus más cercanos compañeros del Batallón de Cazadores.

Estaba llegando la hora de salir de su aislamiento e intentar rescatar la dignidad y el sentido de honor de las Fuerzas Armadas.

Ya el régimen de Madero estaba llegando a su final y únicamente faltaba darle un pequeño empujón para que cayera al abismo.

Dar un golpe de estado significaría ponerse fuera de la ley y de la Constitución a la que había jurado respetar y hacer respetar. El propósito sería "motivar" a Madero para que aceptara el Referéndum Revocatorio con la garantía de su vida, aunque no de su libertad. Pues debería ser llevado ante los tribunales de justicia para pagar por sus delitos.

De esta manera, la Asamblea Nacional asumiría la presidencia de la República de manera transitoria, convocaría a elecciones y así el país podría tomar de nuevo el rumbo democrático como país libre y soberano.

Los invasores cubanos constituían un serio problema y tendría que enfrentarlos de manera determinante y decidida. Se les daría la opción de salir del país rumbo a Cuba o al destino que ellos decidieran.

Se les proporcionarían los medios de transporte necesarios para navegar hacia Cuba. O, si así lo decidían ellos, hacia otros destinos. Una vez en alta mar, ya no serían responsabilidad del gobierno venezolano.

Con este pensamiento en su mente dio comienzo a las llamadas para coordinar una reunión con seis de sus compañeros de armas, quienes estaban aún en libertad.

A otro selecto grupo, no muy numeroso, les consultaría a

ver si se comprometían a trabajar entre la tropa y personal de oficiales para socavar las bases del régimen de Maderos y así forzarlo a acatar los resultados del Referéndum Revocatorio que se convocaría antes de fin del año 2016.

Los voluntarios ex Fuerzas Especiales y los Cazadores se encargarían de algunas operaciones claves.

Alejandro personalmente contactaría a los dirigentes políticos de la oposición, a quienes les tenía suficiente confianza, para trabajar coordinadamente las acciones necesarias, siempre dentro del marco de la ley y de la Constitución. Era sobreentendido que entre esa dirigencia política había personas colaboracionistas o infiltrados por parte del régimen. A esos traidores se les tenía que identificar plenamente y dejar al margen de estas iniciativas. Mejor aún, se les daría información incorrecta para generar confusión y caos entre ellos.

La reunión planteada se llevaría a cabo en la residencia. Gerónimo se ocuparía de esperarlos en el estacionamiento público, donde guardaba los vehículos para emergencias y los llevaría sigilosamente a través del túnel hasta la residencia. Había suficientes habitaciones para alojarlos. Esta reunión se prolongaría por uno o más días.

Los guardias encargados de la vigilancia de Alejandro, ya estaban manifestándose a favor de un cambio de régimen, pues ellos y sus familias también sufrían en carne propia los abusos de poder, así como la carestía de alimentos y medicinas.

Sin confiarse mucho en estas manifestaciones, se

extremarían las precauciones para hacer entrar a los invitados por el túnel y no dejarse ver por los guardias de vigilancia. No se podía confiar de manera abierta.

Alejandro preparó una lista de objetivos o misiones que pensaba podrían ser llevadas a cabo para debilitar al régimen y facilitar la salida de Maderos del poder. Ya la providencia había llamado a juicio al General Valiente y a Dionisio Palencia.

Ahora se tratará de identificar plenamente a los oficiales cubanos que quedaron al mando y presionarlos, creándoles inseguridad y expectativa de retaliación.

Otra de las operaciones a ser llevadas a cabo sería el sabotaje al cable submarino que transmite a La Habana toda la información estratégica de Venezuela. No se destruiría totalmente pues; en su debido momento, Cuba se verá libre de los tiranos hermanos Castro y el cable es un sistema de comunicación vital para el desarrollo futuro de Venezuela y los países del Caribe.

La tercera misión estará dirigida a destruir los almacenes de drogas que el Cartel de los Soles mantiene, para su exportación a las islas del Caribe, los Estados Unidos y Europa.

Este golpe haría que los incursos en el delito de narcotráfico salieran a la luz, para ser apresados por los comandos de Alejandro, se les entregaría luego a funcionarios de la DEA en la frontera con Colombia según los planes coordinados con las autoridades de Colombia, la CIA y la DEA.

El régimen de Madero estaba en bancarrota, producto de su mala administración y de la astronómica corrupción reinante en todos los niveles del gobierno. Lo único que los mantenía a flote eran los ingresos provenientes del tráfico de drogas, unidos a los escasos recursos provenientes del petróleo. Una industria que estaba colapsada tanto en el sector de producción, como en refinación y mercadeo.

Los militares que estaban de acuerdo con el grupo y sus iniciativas, se encargarán de organizar a la sociedad civil para su autodefensa. Los ataques por parte del régimen, en especial de los llamados "colectivos" ¿eran cosas seguros que se debían esperar con la debida preparación? El objetivo no es producir mártires entre la población civil, más bien es evitar que sean asesinados en las calles por no estar suficientemente entrenados.

Luego de que Alejandro explicara en líneas generales estas tres misiones, el grupo se encargó de diseñar las estrategias y tácticas para llevar a cabo las misiones. Atacar al enemigo donde éste menos lo espera, mientras se deja ver que se prepara una escalada en algún lugar diferente como mecanismo para crear confusión y desconcierto. Así se redujeron las posibilidades de ser delatados o apresados, manteniendo en un limitado número de personas la información completa.

Como sugirió el Primer Ministro de Inglaterra, Sir Winston Churchill, cuando se preparaba el ataque aliado para invadir Normandía, se debía considerar que la verdad de la misión era tan valiosa que debía ser custodiada por un "comando de mentiras".

El Capitán Álvaro Medina sería el responsable de la misión "Umbilical" que se llevaría a cabo simultáneamente en Camurí Chico, donde estaba la estación principal del cable submarino y en las oficinas administrativas en un edificio del sector Caño Amarillo. Instalaciones donde antes funcionaban oficinas del sistema de ferrocarriles nacionales, desmantelado y puesto fuera de servicio hace varias décadas.

Álvaro Medina era un submarinista de experiencia y gran habilidad. Además, había sido parte de las Fuerzas Especiales en acciones de demolición de instalaciones marinas y submarinas. Con él participarían cinco voluntarios más, todos expertos submarinistas y "hombres rana". El grupo estudió la zona, con mapas detallados que suministró el contacto con la CIA y otros que fueron "bajados" de Google.

Se estudiaría la zona observando el movimiento de la vigilancia, así como el funcionamiento del tráfico en las calles y avenidas aledañas. La Policía Naval se sumaría a labores de vigilancia y control de los grupos de vecinos de barrios y urbanizaciones aledañas. Esto ofrecía un alto riesgo por la proximidad del cuartel en Mamo.

La organización de las comunidades vecinales del litoral Central serán llamadas a participar en esta misión.

Entre las acciones que llevarán a cabo están la organización de manifestaciones y marchas en las calles, las tomas simbólicas de sitios públicos, el montaje de barricadas o "guarimbas", todo esto para entorpecer el tránsito y el acceso a la zona de interés por parte de las fuerzas policiales y militares.

Y ello sin saber que eran parte de una operación mayor. Mantener en secreto los objetivos evitaba que fueses divulgados por algún infiltrado.

Para llevar a cabo esta misión se escogió el último viernes del mes, aprovechando así el tráfico adicional de temporadistas que concurrían a las playas y clubes del litoral Central a pasar el fin de semana.

Los encargados de la demolición parcial del cable submarino, llegarían al lugar por vía marítima. A bordo de una lancha de pesca deportiva, con camarote donde se esconderían los comandos hasta que fuese oportuno lanzarse al agua de manera sigilosa, evitando ser vistos desde la playa. Colocarían cargas plásticas explosivas en tres sitios del trazado del cable. Paralelamente, llegarían a la Estación de Camurí Chico, los comandos encargados de tomar la estación y hacer inoperativas sus computadoras y trasmisores, de manera tal que pudiesen ser reparados, pero tomando mucho tiempo en el proceso.

La estación se encontraba en una edificación construida con ese propósito, en un lote de terreno ubicado la Calle Almirante Brión. Estaba rodeada por una cerca de bloques de concreto con un cercado de tres alambres de púas en el borde superior. Solo tenía acceso por un portón metálico y luego la edificación en sí. Tenía ventanas altas de bloques de cristal y solamente dos puertas.

Una puerta daba al frente de la construcción y la segunda, en el lado posterior, servía también de embarque. A la hora prevista, ya no se encontraban los operadores de rutina, ni el personal de oficina, solamente permanecían dos vigilantes que habrían de ser relevados por dos nuevos vigilantes a las 6:00 pm, hasta las 6:00 am.

Uno de los vigilantes permanecía dentro de la edificación y se turnaba con el de la parte exterior cada hora. El vigilante del exterior seguía una rutina establecida, haciendo un recorrido por el perímetro de la cerca, hacia una revisión de la cerradura del portón de acceso y de las dos puertas.

El momento para entrar a la estación sería al ejecutar el cambio de guardia. Momento en que el guardia del interior abriría la puerta posterior para dar acceso al guardia externo.

El grupo de comandos tendría que forzar la cerradura del portón y entrar a la propiedad, tomando como lugar de resguardo el área donde colocaban los contenedores para la basura, según las imágenes obtenidas del satélite de Google.

La ubicación de estos contenedores de basura, les permitía no ser vistos y estar suficientemente próximos a la puerta posterior para inmovilizar al guardia exterior.

Una vez se abriera la puerta seria fácil hacer lo mismo con el segundo guardia.

Amordazados y amarrados de pies y manos, se dejarían en un pequeño cuarto que servía de depósito de materiales, cubierto de estanterías y con un buen espacio donde podían quedar los dos guardias hasta que al día siguiente llegara el personal de relevo.

Esta operación se llevó a cabo, según lo planeado, en cuatro minutos. El vehículo utilizado por los comandos estaba estacionado en una calle lateral. La vestimenta de los cuatro comandos era tal que permitía integrarse muy bien a la gente en la zona. Nada que llamara la atención. Dos llevaban gorras del equipo de Tiburones de La Guaira, debajo de la cual tenían una media de nailon que les cubriría el rostro en el momento oportuno.

Los otros dos portaban sombreros de paja, propios de los pescadores del litoral. De igual manera llevaban sus medias de nailon cubiertas por los sombreros, solo les tomaría unos segundos cubrirse las caras.

Todos portaban armas cortas debajo de las camisas, esperando no fuese necesario usarlas. Así mismo, tenían "teasers" que producían golpe paralizantes de electricidad.

Los cuatro submarinistas, por su parte, estaban equipados con los respectivos trajes de buceo y arpones. No se esperaba emplear estas armas que únicamente eran parte del camuflaje. Las cargas de explosivo plástico serían activadas mediante señal por un teléfono celular. Las tres cargas detonarían al mismo tiempo. Una vez que los comandos estuvieran a bordo de la lancha y retirados de la zona se activaría las explosiones.

Siendo una lancha de pesca deportiva, se confundiría con facilidad con las otras embarcaciones ancladas frente a la playa, o navegaban hacia distintos lugares del litoral. A pesar de la crítica situación económica del país, los frecuentaban las playas como mecanismo de compensación y drenaje del "stress" que les causaba una semana de trabajo en condiciones poco flexibles. Los clubes privados del litoral mantenían la ocupación necesaria de sus miembros, siendo los más visitados: Puerto Azul, Marina Grande, Playa Grande y Chichirivichi.

El tráfico de carros particulares de todos los colores y tamaños llenaba las vías de acceso y los estacionamientos frente a las playas. Estas, desde muy temprano los viernes, eran invadidas con carpas y sombrillas, sillas plegables y cavas llenas de cerveza y refrescos con bastante hielo. Para muchos el fin de semana comenzaba los jueves por la tarde. Situación contradictoria en una economía de escasez y reducción de los puestos de trabajo, pero así era.

Camiones cava ya estaban ubicados estratégicamente para suministrar las cervezas y refrescos a los temporadistas que no venían pertrechados. Vendedores ambulantes de "comida chatarra" se ubicaban cerca de los postes de luz eléctrica donde "robarían" la electricidad necesaria para sus artefactos y neveras.

Cuando las playas estaban abarrotadas, no era extraño observar algún el pillaje de algún ladronzuelo que trataba de "hacer su agosto" robándose una cartera dejada en mal puesto, o un equipo de sonido no atendido por sus dueños.

Las playas más populares seguían siendo Playa Pantaleta, Catia La Mar, Camurí, y otras que se encontraban más hacia el este, camino de Los Caracas. Lástima que los venezolanos no aprovecharon de manera inteligente todos estos recursos de la naturaleza con los cuales dios bendijo a Venezuela. Todas las playas públicas se encontraban en pésimo estado y las de los clubes privados, invadidas por temporadistas aprovechadores, sufrían las consecuencias de esta falta de cultura.

La escasez había incrementado significativamente el número de delincuentes. Estos surgen "de la nada" y desaparecen a bordo de sus motocicletas. Por lo general va el conductor, con un parrillero de ayudante.

Los llamados "colectivos" o grupos armados organizados bajo la tutela de las autoridades con el propósito de mantener a la población temerosa, en ascuas, y presa fácil para estos facinerosos, delincuentes comunes que conducen motocicletas que les provee el gobierno, así como armas de todo calibre con las que aterrorizan a la población.

En estas aglomeraciones de personas distraídas por el ambiente de playa, los "colectivos" hacen su trabajo con más impunidad.

Ambas operaciones, llevadas a cabo por los comandos, se realizaron sin ningún contratiempo. Los equipos de comunicaciones y computación de la estación central en la Avenida Almirante Brión fueron desmantelados con suma precisión y cuidado. Al régimen de Nicomedes Maderos le tomaría varios largos meses ponerlos de nuevo en funcionamiento. Sus cómplices, los cubanos, tendrían que trabajar horas extras para poner a funcionar esos equipos y así seguir vendiendo pasaportes diplomáticos venezolanos a personas de Irán y Corea del Norte.

Una vez que los dos grupos de comandos se encontraban ya a cierta distancia de la costa, comenzando la autopista que conduce a Caracas, hicieron accionar el mecanismo de activación, mediante el celular que tenía en su poder el Capitán Medina.

La explosión se escuchó a varios kilómetros y se formó una gran ola en ese sector de la playa. Cruzando el viaducto, desde la parte más alta, lanzó el celular por la ventana del vehículo que los trasladaba. De esa forma, no quedaría rastro alguno que los pudiera incriminar.

Las manifestaciones de calle, barricadas y guarimbas fueron desmanteladas y dispersadas por las autoridades, todo lo cual dio suficiente tiempo a los comandos para realizar sus respectivas misiones. Favorablemente, no hubo heridos en estas manifestaciones pacíficas. La Guardia Nacional Bolivariana comenzaba ya a dar muestras de no estar de acuerdo con los abusos, la escasez y la falta de recursos. Sus propias familias estaban sufriendo esta crisis al verse desabastecidos los almacenes militares y los economatos. Por esta razón ya estaban siendo menos agresivos con la población. Presentían la llegada del fin de esta tragedia.

Estaba llegando la hora de cambiar de bando.

Siguiendo el plan acordado, los comandos se dispersarían una vez en Caracas y cada quien tomaría su propio rumbo, hasta que fuesen convocados de nuevo por Alejandro. No habría comunicación alguna entre ellos.

Mientras tanto, el grupo de comando que encabezaba el Mayor Evaristo Fuentes estaría recabando información sobre el Cartel de los Soles para ubicar algunos de los centros de acopio diseminados en los cuatro puntos cardinales del país. Esta investigación se realizaba con el apoyo extraoficial de funcionarios de la DEA, que trabajaban encubiertos en la Embajada de los Estados Unidos y en algunos consulados de naciones aliadas, en su lucha contra el narcotráfico.

No fue extraño descubrir que los cuatro centros de acopio y distribución más importantes estaban localizados en lugares dentro de bases militares o muy próximos a estas. Otros se encontraban próximos a las fronteras de Venezuela con Colombia. Era evidente la complicidad del régimen de Venezuela y Cuba con la guerrilla colombiana, los mayores traficantes de droga del continente.

Los estados Zulia, Táchira, Bolívar y Distrito Federal eran los principales centros de poder del "Cartel de los Soles". El área metropolitana, por ser a su vez el centro de poder político, desde donde el capitán Dionisio Palencia dirigía sus operaciones, cuando disfrutaba de la "gran vida" y era conocido como "El Capo" de este clan.

Tiempo después, todos estaban al garete por la falta de la mano recia de este desalmado y se propagaban las luchas internas para hacerse con parcelas de poder y riqueza por parte de los segundones en el mando. La lucha era despiadada y sangrienta. Se reportaban muertes de familias completas, incluyendo ancianos y niños, de aquellos que parecían estar más cercanos a la cúspide de mando.

Las bases colapsaban y arrastraban en su caída a todos y también a quienes obstaculizaban su veloz caída. Se estaba repitiendo aquello de "agarrando aunque sea fallo" de la "anticultura" del pueblo venezolano.

Para sacar del medio a un cabecilla, se prodigaban disparos con ametralladoras sin que importara cuántas vidas inocentes cayeran abatidas. Otras veces, usaban carros-bomba que estacionaban cerca de la residencia de un cabecilla, con una carga de explosivos suficiente para demoler una manzana entera de casas.

El régimen de Maderos estaba llegando a su final, provocado desde adentro de su administración, por quienes ansiaban mantener cuotas de poder o hacerse con algún territorio en manos de quien solo unos días antes era su aliado.

Había caos general en las bandas de los "colectivos", en los cuadros bajos de la Guardia Nacional Bolivariana y las policías estadales. Las ratas comenzaban a abandonar el barco, que sentían estaba al garete y próximo a colapsar. Los más hambrientos de poder tomaban mayores riesgos, sobre todo para no perder las posiciones económicas que habían logrado en complicidad con el defenestrado capo.

La desconfianza era generalizada. Las calles de algunas ciudades de Venezuela, se asemejaban a Ciudad Juárez o Nuevo Laredo, en México en su peor momento, cuando los narcos llenaban las calles de cadáveres, disparando a mansalva a grupos humanos con el propósito de eliminar a un enemigo. El odio y la maldad que había sido generado por los regímenes anteriores habían calado en la psique del pueblo venezolano, el cual lo asume como una suerte de subcultura de subsistencia.

Reducir la existencia (y la necesidad) de estos centros de acopio y distribución era una necesidad imperiosa, si se quería brindar a Venezuela una salida a la crisis. La población debía reorientarse a una vida en paz y seguridad personal. Este cáncer de las drogas no podía ser atendido con "pañitos calientes", era una herida que no se sanaba con una curita. La herida infringida a la sociedad venezolana requeriría muchos puntos de sutura. Y no podrían administrarse sin ocasionar dolor.

La información recaudada por el Coronel Evaristo Flores se ampliará con otras fuentes y con la ayuda de la DEA se prepararía un plan para llevar a cabo el golpe mortal al Cartel de los Soles. Cuatro centros de acopio que se caracterizaban por el volumen de droga que manejaban. Eran los más importantes del cartel y serían atacados simultáneamente.

Esta operación requeriría la participación de todos los comandos de Cazadores y el apoyo de los ex Navy Seals y amigos de las Fuerzas Especiales. Cada uno de los cuatro grupos estaría compuesto por 24 operativos. Especialistas en infiltración y demolición en zonas de alta peligrosidad. La complicidad del Ministerio de la Defensa era tal que había sido permitida la construcción de galpones para el depósito de los alijos de droga, en las cuatro Guarniciones Militares más relevantes del país.

Estos galpones estaban ubicados en terrenos de la guarnición, y separados de las instalaciones oficiales por cercas de seguridad de casi tres metros de alto, con "razor wires" coronando la cerca, así como los tradicionales alambres de púas. Adicionalmente, había sistemas de iluminación con reflectores que continuamente hacían un paso por las cercas de manera sincronizada. En los lugares que ofrecían mayor nivel de vulnerabilidad habían colocado carteles que advertían del riesgo de "Electricidad de Alta Tensión".

El reconocimiento realizado por el comando de los Cazadores tenía suficientemente identificado todos estos aspectos y estaban preparados para hacerle frente en su debido momento.

Esta tenía que ser una operación llevada con el máximo de sorpresa y velocidad, debido a la proximidad de las respectivas guarniciones. Tomaría solo segundos para que las fuerzas armadas se hicieran presentes.

Por más que se extralimitaron las precauciones para evitar la pérdida de vidas humanas, sabían que tales bajas no podían ser evitadas. Era un riesgo calculado con su porcentaje de fatalidades.

Una fase de la operación sería llevada a cabo para colocar cargas de explosivos de alta potencia en cada uno de los galpones, esto mediante una acción de infiltración con el mayor grado de sigilo y precaución.

Mediante el estudio detallado de la zona, las instalaciones y las vías de acceso, se elaboró el plan definitivo mediante el cual se infiltraría cada uno de los centros de acopio. La colocación previa de los explosivos permitiría realizar una acción devastadora, que no dejaría en pie nada que pudiese ser utilizado por los narcotraficantes.

La noche fijada para la infiltración tuvo la suerte de no tener luna visible en el cielo, oscura como la de Florentino en su enfrentamiento con el diablo, para permitir que los comandos ingresaron sin ser detectados. Ya los explosivos estaban colocados de manera estratégica.

Los comandos ingresaron a las instalaciones en transportes de abastecimiento que se detuvieron en el camino para hacer unas entregas y de manera hábil, dos de los comandos se escondieron entre la carga y otros dos en cada camión, sosteniéndose de manera milagrosa debajo de la plataforma del vehículo, donde colgaron garfios que los sostenían, sin ser vistos del exterior.

En una operación que les tomó solo unos breves minutos, colocaron las cargas y volvieron a esconderse en los respectivos camiones que, una vez descargadas las provisiones, abandonaron los centros de acopio. El estar tan protegidos y cerca de las guarniciones, les confería un exceso de confianza que trabajó en favor de los comandos. La indisciplina y el desinterés se notaba en estos grupos de narcotraficantes que solamente recibían una pequeña fracción de las jugosas ganancias de los capos.

La colocación de las cargas explosivas se hizo de tal manera que, según las observaciones de los expertos en demolición, no sería necesaria ninguna otra acción de infiltración. Únicamente se requería accionar el mecanismo disparador de las cargas, desde una distancia que permitiera la llega de la señal al dispositivo principal, para que luego se generan explosiones en cadena. Con cargas incendiarias, se reduciría a cenizas lo poco que quedara.

Como se deseaba limitar el número de personas lesionadas, de ambos bandos, se pensaba realizar una maniobra de distracción, que hiciera movilizar al personal de los galpones hacia un área alejada del centro de la explosión.

Se estacionaron unos autos bombas, con muy baja capacidad destructiva, en las calles alrededor de las guarniciones, y así crear un ambiente de caos. Luego, cuando se asegurará que el personal en su mayoría estuviese fuera de los galpones, se harían estallar los explosivos.

Tal como se planificó, el personal de los galpones salió en carrera a ver qué sucedía cuando oyeron las explosiones. Lo mismo ocurrió con el personal militar de las diferentes guarniciones, que corrieron a rodear el lugar de la explosión.

De los autos no quedó más que una mancha negra sobre el pavimento y un hueco de cierta profundidad donde estuvo estacionado. Viéndolo bien, dejó un cráter que destruyó unos veinte metros cuadrados de la calle, resquebrajó las paredes de las casas más próximas y rompió en pedazos las vidrieras de exhibición de los negocios. No hubo daño a persona alguna.

Varios carros estacionados cerca del lugar sufrieron daño, quedando doblados como si un puño gigantesco los hubiese golpeado, otros se incendiaron y obligaron a militares y bomberos a trabajar duro para controlar las llamas y a los habitantes que se aproximaban llenos de curiosidad.

Periodistas y camarógrafos no se hicieron esperar. Llegaron al sitio de los acontecimientos a cubrir los hechos para sus respectivos canales o periódicos.

Entrevistaron a los presentes buscando la noticia que les diera mayor relevancia y precisión al reportar los hechos.

En el preciso momento en que había el mayor número de personal fuera de las instalaciones, se activó el mecanismo que haría estallar las cargas explosivas colocadas de manera efectiva por los comandos. Al ocurrir la explosión, la gente corrió despavorida en todas direcciones. Muchos observaban el cielo pensando que podría haber sido una bomba lanzada desde un avión, ya que no se veía elemento extraño alguno en las proximidades,

Vinieron automáticamente las especulaciones y las opiniones de supuestos expertos. Los periodistas cubrían todo de manera indiscriminada, cualquiera que ofreciera una información era grabado con el afán de "ser los primeros" en dar la noticia.

Los canales de televisión ya estaban en el aire con sus tomas del lugar y los entrevistados haciendo su trabajo sensacionalista. Nada más lejos de la verdad, esta información que le presentaban a sus audiencias. Realmente ni idea tenían de lo que había ocurrido y las razones detrás de los hechos.

Posteriormente, las autoridades policiales y militares del despótico régimen de Maderos, haría su evaluación observando que, las cuatro operaciones fueron realizadas con sincronismo militar. Las misiones desarrolladas por los comandos podrían ser consideradas como el golpe de gracia contra el Cartel de los Soles. Incalculables pérdidas monetarias produjo la destrucción total de estos cuatro centros de acopio y almacenamiento. Además, se destruyeron grandes sumas de dinero, en dólares, que se encontraban depositadas en uno de los galpones.

En otro almacén, que servía también de depósito de armas para el tráfico ilegal y para mantener suficientemente armados a sus secuaces, fue reducido a chatarra y cenizas. Cargas de explosivos y de bombas incendiarias hicieron la tarea, habiendo sido colocadas de manera estratégica.

Una vez reunidos los comandos en el lugar predeterminado, elaboraron un informe pormenorizado que sería entregado a Alejandro por uno de ellos. El resto se disolvería volviendo a sus respectivos centros de trabajo, hogares o sitios de vacaciones. Se confundían fácilmente con la población general, ya que su actitud y vestimenta les confería esa condición mimética. Desaparecieron de igual manera que llegaron al llamado de Alejandro, como rayos de sol a través de cristales, sin dejar rastro.

De esta manera, quedaba evidenciada la vulnerabilidad del régimen. Sus más altos jerarcas comenzaron a poner en efecto sus propios planes de escape.

No solo preveían, más bien sentían en su piel que el fin estaba más cerca de lo que ellos pensaban. La situación era de "sálvese quien pueda" y "cada quien que vele por su propio pellejo". La cadena de lealtad por miedo o por complicidad se había roto en diferentes partes y los eslabones más débiles quedaban a la merced del destino.

Ahora, fue Maderos quien buscaba desesperadamente el diálogo con la dirigencia de la oposición. Desde diferentes aeropuertos oficiales y privados, algunos utilizados por los "narcos", ahora eran aprovechados por los jerarcas para salir como ratas que, viendo al barco hacer agua, se aprestaba para abandonarlo.

Las autoridades de la DEA e Interpol, desde puertos y aeropuertos en un radio de cinco horas náuticas a la redonda, estaban alertados y listos para recibir estas naves y hacer presos a sus ocupantes.

Como cosa extraña se observó que solo unas embarcaciones de pequeño tamaño tomaron rumbo a Cuba. Personal de las llamadas "misiones" que fueron usadas para invadir "amigablemente" a Venezuela, estaban retornando a Cuba. Los altos oficiales aprovecharon la oportunidad para buscar nuevos destinos. Estos también percibían que el fin de la dictadura castro-comunista estaba muy cerca y prefirieron rehacer sus vidas en otras latitudes.

Maderos logró, luego de múltiples intentos, contactar a un personaje que siempre jugó en los dos bandos. Era conocida su personalidad de sanguijuela rastrera y, como tal, vino arrastrando su humanidad ante el liderazgo de la oposición solicitando un diálogo. Juan Vicente Raphael había ocupado cargos desde vicepresidente de la República, a ministro en diferentes despachos.

Siempre supo sacar provecho personal de sus habilidades "fouchenescas". Ahora todos, manifestaban el deseo de evitar que el odio y el resentimiento hicieran presa de la población y se produjera un baño de sangre de gente inocente. Hipócritas, fariseos que habían medrado en la política por décadas, ahora se presentan como "ángeles de la guarda".

Maderos, su esposa y cómplice, en unión de algunos familiares que pensaron que estando junto a ellos lograrían salvar el pellejo, fueron recluidos en la residencia presidencial "La Casona" que ocupaban ilegalmente y con descaro, familiares del difunto Hugo R. Chávez. Estos últimos abandonaron el país, al igual que lo hicieran otros cómplices y dirigentes del chavismo, semanas antes, al ver que las condiciones cada día se mostraban peores para su seguridad.

Contingentes de militares se fueron uniendo a los oficiales que estaban de acuerdo con el retorno del país a una vida en democracia y soberanía. Apresaron a aquellos que aún creían que la revolución socialista del siglo XXI era una solución (o acaso una opción). Favorablemente, estos no eran tan numerosos y pudieron ser capturados y llevados a la cárcel militar de Ramo Verde y a la prisión de San Francisco de Yare. Esta prisión, donde nació la diabólica idea de la revolución al estilo cubano, sería ahora el "mausoleo" que los recibiría para alojarlos por el resto de sus días.

Maderos y sus cómplices serian llevados ante los tribunales de justicia venezolanos y, en ausencia, serían juzgados por el Tribunal Internacional de Justicia por sus crímenes contra la humanidad.

Tarquino Saldivia, Ministro de la Defensa y aspirante a la presidencia de la república una vez sacara del medio a Maderos, fue apresado cuando intentaba cruzar la frontera con Colombia por Cúcuta. Se había vestido como camionero y manejaba un camión que transportaba comestibles y sacos de café y maíz.

Entre los sacos se encontró gran cantidad de droga, así como dinero en dólares y euros que se calculaba en más de tres millones de los verdes. Las guías de exportación no estaban en orden respecto a las cantidades de cada producto y por esto fue retenido el camión.

Entre tanto, Tarquino fue plenamente identificado por unos guardias que habían servido bajo su mando y, dando alerta a los oficiales a cargo del puesto, fue preso.

Venezuela se aprestaba a organizarse como una nación democrática y, bajo la constituida Junta Provisional de Gobierno, se aprestaba a convocar unas elecciones presidenciales, de gobernadores y demás autoridades en un plazo de dos años. Ese es el tiempo estimado inicial de la reconstrucción del país.

La comunidad internacional, viendo que no había habido golpe de estado y que Maderos se había entregado "voluntariamente", se puso de parte de la Junta Provisional.

De manera pública y amplia manifestaban los distintos gobiernos, no comprometidos con el régimen castro-chavista, su apoyo a esa Venezuela que renacía.

Aquellos que por más de quince años estuvieron recibiendo beneficios del chavismo, se oponían a los hechos ocurridos, manifestando que eran provocados por la CIA en obediencia a los "planes de colonización de Washington".

Raúl Castro, al observar que los Estados Unidos de

manera absoluta le daba apoyo a Venezuela, con ambos partidos, por medio de sus respectivos dirigentes en el Congreso, y se unían al clamor internacional, se cuidó mucho de manifestar su opinión adversa.

Así pues, tanto Raúl como Fidel Castro se abstuvieron de opinar por temor a perder los beneficios que le representaría la nueva diplomacia del presidente Obama hacia Cuba. Veían de esta manera cómo se les imposibilitaba la exportación de la revolución comunista al resto de Latinoamérica, como era su aberrante intención.

Alejandro y sus compañeros de armas encarcelados, fueron puestos en libertad. Algunos retornaron a la vida militar y otros se incorporaron a la vida civil en distintas áreas.

Alejandro se unió a su familia, que regresó de su exilio y se dedicaron a reorganizar la empresa familiar y recuperar las propiedades que le fueron confiscadas. Las nuevas autoridades, mediante un programa de revisión de los expedientes abiertos a empresas expropiadas, devolviendo tales propiedades a sus dueños legales, y así fomentar la confianza en el país por parte de capitales nacionales y extranjeros.

Venezuela necesitaba de esta confianza para atraer nuevas inversiones que le dieran apoyo a la reconstrucción.

El aeropuerto Internacional Simón Bolívar se colmaba de viajeros, con caras sonrientes, que regresaban a la Patria luego de sus largos años y meses de autoexilio unos y exilio oficial otros.

Todos fueron recibidos con brazos abiertos, llenos de alegría por familiares y amigos. Retornaban a la patria muchos cerebros que eran necesarios para orientar la reconstrucción del país hacia otros derroteros.

Las actuaciones de Alejandro quedaron como gran incógnita, que solo descifraban sus más cercanos colaboradores.

Alejandro había logrado aportar su "granito de arena" a la liberación de Venezuela de un régimen totalitario y destructor.

No era momento para las venganzas, sino para la reconciliación de aquellos que encontraran en sus propias conciencias las faltas cometidas contra la sociedad y que estuvieran dispuestos a incorporarse a la nueva Venezuela.

Los que, por el contrario, se mantuvieran firmes en sus deseos de mantener viva la revolución socialista, que tantos muertos había dejado a su paso, tendrían que enfrentar el juicio de sus pares y ser sometidos a las penas que las leyes y la Constitución les fijaran.

No eran momentos para el "borrón y cuenta nueva" que tanto daño causó a la cultura política del país en los años de una democracia mal entendida y peor llevada a cabo. Para que pueda existir una verdadera reconciliación, debe haber primero una aceptación de las faltas cometidas y para esto están los tribunales de justicia. La complicidad entre miembros de los distintos partidos políticos había generado una especie de subcultura, que afectaba la esencia de una actividad que se centraba en el interés colectivo.

Los partidarios del chavismo, como organización política que deseen participar en la vida política nacional, tendrán puertas abiertas para, al igual que las otras organizaciones políticas, optar libremente y de manera democrática dirigir los destinos del país por la vía Constitucional.

Solo así se podrá vivir, con paz y concordia, en Venezuela.